KB069262

고장 난 세계의 나날

기계적·인간적 결함을 마주하는 반도체 엔지니어의 갈등 해소 분투기

고장 난 세계의 나날

세미오 지음

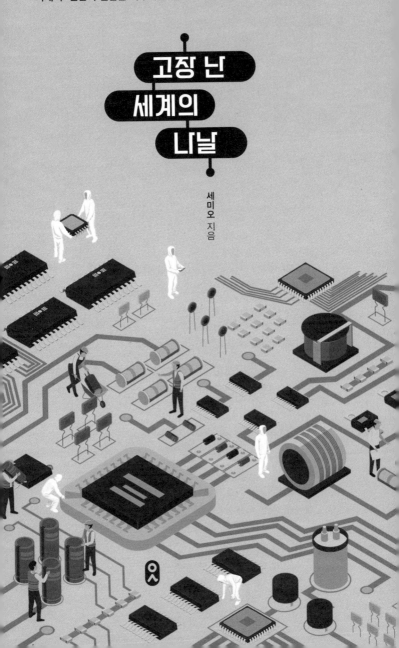

차례

1장. 좀 특이한 일을 자주 겪고 있습니다

새벽녘의 출근길 … 9

15년차 반도체 종사자의 패션 센스 … 15

능력치 제로의 신입상사가 텃세를 대하는 방법 … 22

여전히 적응 중인 특수직 종사자 … 31

미션 임파서블: 모두가 행복한 근무 일정을 작성하라! … 40

고래 싸움에 새우등짝이 되어버린 사람들 … 49

자동화의 물결, 파도타기를 할 시간 … 58

2장. 기계에게도, 사람에게도 '인간적인 접근'이 필요해

'천직' 찾기 … 65

게이트 너머 게이트 너머 게이트의 세계 … 73

두근두근 첫 라인 탐험기 … 80

'쩜바(쩜에서 오는 바이브)'는 위대해 … 87

FAB에서 매일매일 성장하는 시시포스 … 97

엔지니어들의 식사 시간 … 106

고장 난 설비와 엔지니어를 이어준 '믿음' … 113
'인적 사고'의 후유증 극복에는 수십 번의 출퇴근이 필요해 … 123
누수 사고가 일깨워 준 '내추럴한' 매력 … 130
새벽 3시, 기계의 안위를 묻다 … 135

3장. 관계를 보수하고 유지합니다

유지도, 보수도 어려웠던 세 번째 만남 … 145
동료인 듯 동료 아닌 동료 같은 '그들' … 155
우리도 커피 한 잔 마시면 일 더 잘할 수 있는데! … 163
새벽녘, 삼겹살의 참맛이 깨어나는 시간 … 170
꿈꾸는 대로 살고 싶은 사람의 선택 … 177
'라떼' 활용법 … 186
남몰래 걸어보는 주문 … 194
교대 근무 하는 게 죄는 아니잖아 … 201
어떻게든 보수하고 유지합니다 … 209

1장

좀 특이한 일을
지주 겪고
있습니다

새벽녘의 출근길

삐빠빠빠바바바 빠빠라바빠 빠빠빠빠 빠바~

"아… 벌써 아침이라고…?"

경쾌한 아침 점호 알람 소리. 입사 이후 교대 근무를 하지 않는 때는 항상 새벽 5시에 울린다. 예전 군 복무 시절부터 이 소리를 끔찍하게 싫어한다. 그래서 일부러 벨소리로 저장해 두었다. 이렇게 해놓으면 알람을 듣고 다시 돌아누울 불상사는 벌어지지 않을 테니까. 덕분에 아침마다 깜짝깜짝 놀라며 잠에서 깬다. '여긴 어디? 나는 누구?' 하는 생각이 들 만큼 깊고 깊은 잠 속에서 알람 소리에 깨어나면 혹시 여기가 내무반이고 나는 이등병이 아닐까 아찔한 생각이 들기도 한다.

오전 5시. 평범한 직장인이 보기엔 이른 새벽일지도 모르겠지만, 나는 이 시간에 일어나 출근을 준비한다. 한번은 너무 졸려서 눈을 감은 채 샤워를 하다가 셔틀버스를 못 탈 뻔한 적도 있었다. 반도체 분야 종사자들이 나처럼 출근을 빨리 서둘러야 하는 건 아니다. 회사는 경기도에 있고, 나는 서울에서 살고 있으니 출근 시간을 맞추기 위해 일찍 일어나야 할 뿐이다.

사실 나는 입사하면서 회사 부근에서 자취를 했다가 결혼을 하고 나서 그 근처에서 집을 구했다. 그 후 첫째 아이가 태어나고 네 살이 되던 해, 어쩔 수 없이 우리 가족은 서울로 거처를 옮겨야 했다. 아이가 수술을 해야 했는데, 회사 근처에 종합병원이 여럿 있었지만 어느 병원에서도 수술을 할 수가 없었다. 여러 개나 되는 대형 병원, 그어느 한 곳에서도 수술을 할 수 없다는 사실에 황당하기도하고 아이의 몸상태가 그렇게 심각한가 걱정이 됐다. 아이는 수술 이후에도 성인이 되기까지 매달 병원을 찾아 진료를 받아야 했다. 아내와 아이를 생각하면 내가 출퇴근 거리를 부담하지 않을 수 없었다. 또한 우리 부부 모두 서울에 연고가 있어 이사하는 일에 큰 문제가 없었다.

그 덕에 내가 조금 더 일찍 일어나면 모두가 행복한, 그런 상황이 만들어졌다. 주변 환경으로 인해 나는 '아침형' 인간이 되었다. 자기 계발을 위해 일부러 일찍 일어나 하루를 빨리 시작하고, 작심삼일의 수렁에 빠져 낙담하는 사람들도 있지만 나는 그런 고민을 할 필요가 없었다. 그래도 새벽 5시 꾸역꾸역 일어나 출근하는 걸 보면 나 자신이 아침형 인간인 것 같기도 하고, 매일매일 익숙해질 만도 한 출근길을 고난처럼 느끼는 걸 보면 그런 것 같지도 않다. 정확히 말하자면 나는 '만들어진 아침형' 인간, 즉 대한민국의 무수히 많은 직장인들 중 하나인 셈이다.

여름 한철을 빼면 출근길에는 햇빛이 없다. 이어폰을 끼고 음악을 듣기도 하지만, 대부분은 별생각 없이 터덜터덜 걸어간다. 아무 생각 없이 걷기에 새벽녘 어두운 거리만큼 잘 어울리는 곳도 없다.

버스를 타는 시간은 6시 20분. 사실 이렇게 서둘러도 회사에는 한 시간을 훌쩍 넘겨 도착한다. 우리 회사 근무자들 중에는 나보다 더 먼 곳에서 출퇴근하는 이들이 많다. 서울 각 지역과 경기도, 심지어 충청도에서 셔틀버스를 타고 오는 이들도 있다.

'출퇴근 셔틀버스 운영'은 회사의 복지 시스템 중 가장 고마운 제도이다. 이 제도가 없었으면 서울로 이사할 생각조차 하지 못했을 것이다. 거리가 멀기에 차가 막히지 않아도 출퇴근 때 최소 한 시간 이상은 버스에서 보내게 된다. 그 안에서도 다양한 풍경이 벌어진다. 핸드폰으로 동영상을 즐기는 평론가(어찌나 몰입하는지 그분은 계속해서 중얼거린다), '부캐'로 프로게이머를 꿈꾸는 듯한 열정의 게이머(매일 열심히 영상으로 학습하는 것 같은데, 실제 실력은 어느 정도일지 궁금하다), 부족한 수면을 집에 있는 침대 대신 버스 안 좌석에서 보충하려는 평범한 사람들(나를 포함해서 대부분 승객이 그러하다)까지 나름 그 시간을 알차게 보낸다.

평온하기만 한 이 시간이 때론 견디기 힘든 긴장과 고통의 연속이 되기도 한다. 세상에 존재하는 신들에게 지푸라기라도 내려달라고 빌고 싶어질 때가 있다. 장거리 출퇴근 셔틀버스를 이용하는 직장인이라면 누구나 한 번쯤은 겪어봤을 일이다. 바로 생리 현상이다.

'속이 왜 이러지? 어젯밤에 내가 뭘 먹었더라?'라는 복기와 동시에 '그냥 기사님한테 내려달라고 할까? 도착할 때까지 버틸 수 있을까? 아, 혹시 실수하면…' 하고 나의

장 상태와 출근 거리, 시간을 가늠하는 등, 활발하게 움직이는 장 못지않게 머릿속에서는 여러 생각들이 뒤엉킨다.

얼마 전 출근길에 버스가 출발하기 직전, 황급히 버스를 뛰쳐나가는 동료를 본 적이 있다. 어떤 상황인지 짐작이 가면서 나도 모르게 웃고 말았는데, 이 상황이 되면 그러한 웃음조차 후회하게 된다. 그렇게 행동해서 이런 벌을 받는 걸까? 눈을 감고 마냥 참을 수도 없어, 평소 버스 안에서 보지도 않은 핸드폰을 켜고 신경을 돌릴 만한 동영상을 찾아본다.

인터넷 어딘가에서 본 지압법도 떠올리며 손 여기저기를 눌러본다. 조금 편안해지는 느낌이 들고 눈을 감고 천천히 심호흡도 해본다. 이유는 모르겠지만 속이 편해지고, 잔뜩 긴장한 괄약근도 조금씩 완화되어 가는 기분이다. 눈을 지그시 감고 곧 도착할 거란 자기 암시에 빠져든다. 그러다 보면 놀랍게도 다시 선잠에 빠져들기도 한다. 다시 평소의 출근길 리듬에 맞춰진 육체가 깨어나면 눈앞에 기적처럼 회사 입구가 보인다. 버스 문이 열리면 서둘러 화장실에 들어가 속을 시원하게 비운다.

버스에서 느낀 황당함, 고민, 염려는 씻은 듯이 사라지지만 뒤이어 사념 하나가 머릿속을 채운다.

'난 왜 이렇게 살고 있지…'

흔히들 말하는 '현타'가 오는 상황이랄까? 연일 야근을 할 때에도, 주말에 출근하는 일이 있을 때에도 이런 생각을 해본 적이 없는데, 식은땀과 함께 하루를 시작하게 되는 날이면 착잡해지고 알 수 없는 자괴감이 살짝 들기도 한다. 아마 스스로도 제어할 수 없는 동물적인 생리 현상과 주어진 여건에 맞춰 살아가게 되는 일상이 묘하게 충돌하면서 무덤덤하게 살아가던 내가 자극을 받은 듯 묘한 상념에 빠져드는 것이다. 나 지금 잘 살고 있는 걸까, 하고.

물론 마음속으로는 이미 알고 있다. 시간이 지나면 언제 그랬냐는 듯 버스 안에서 스르륵 잠이 들게 될 거고, 내일 아침엔 또 듣기 싫은 알람을 들으며 반사작용처럼 몸이 침대에서 텅 하고 일으켜질 것이다.

대한민국 직장인이라면 누구나 출퇴근길의 사소한 애환을 지니고 있다. 그 애환들이 켜켜이 쌓여 일상이 만들어진다. 출근을 하면서 나는 소중한 가족의 가장 역할도 하고, 때론 생리 현상에 쩔쩔매다가 내가 어떻게 살고 있는지 문득 사념에 빠져들기도 한다. 그렇게 돌아보면 기나긴 출퇴근길도 버틸 만한 일상의 한순간이 된다.

15년차 반도체 종사자의
패션 센스

내가 근무하는 회사는 대기업이다. 게다가 반도체를 만드는 공장이다. 대기업이고 공장이라고 하면 반도체를 모르는 사람이더라도 굉장한 규모를 떠올릴 것이다. 하지만 그 규모보다 실제 크기는 몇 배는 더 클 것이다. 나도 입사하고 처음 출근했을 때 그 규모에 깜짝 놀랐다. 공장 하나가 국내에서 가장 큰 대학 캠퍼스 크기와 맞먹을 정도다.

규모만 놀라운 게 아니다. 규모에 걸맞을 만큼 우리 회사 안에는 엄청나게 많은 사원들이 일하고 있다. 보통 공장이라고 하면 동일한 점퍼를 맞춰 입은 모습을 떠올리게 되는데, 회사 입구에서 함께 출근하는 사람들을 보면 같은 곳에서 일하고 있지만 개성도, 취향도 엄청나게 다르다는 사실을 깨닫게 된다.

가끔 계절을 헷갈리게 만드는 복장들도 많다. 쌀쌀한 날씨에 대부분 패딩이나 두툼한 점퍼를 입기 마련인데 반바지를 입고 출근하는 남자 직원이 있는가 하면, 초미니스커트를 입은 여자 직원도 보인다. 주말에 출근하다가 일하러 온 게 아니라 운동을 하러 온 것 같은 트레이닝복 차림을 한 사원들도 찾아볼 수 있다.

'근데 나는 뭘 입지?'

이렇듯 화려하고 개성 강한 옷차림 속에 있다 보면 뜻하지 않은 고민거리가 생기기도 한다. 사실 나는 패션에 상당히 무던한 편이다. 고등학교를 졸업하고 대학에 진학하면서 가장 불편했던 점 중 하나는 더 이상 교복을 입지 않는다는 사실이었다. '오늘은 뭘 입을까?'는 누군가에게 굉장히 흥미를 유발하고 즐거움을 주는 생각거리일 수도 있겠지만, 나 같은 사람에게는 대단히 곤란하고 불편하게 하는 물음이기도 하다.

회사를 다닌 지 15년이나 지난 지금도 여전하다. 입사가 결정되고 출근하기 전 연수할 때 복장은 '비즈니스 캐주얼'이라고 설명을 들었다. 티셔츠와 정장 바지, 구두 등

비교적 구체적인 안내를 들어 그나마 다행이었다. 하지만 막상 그런 옷차림으로 출근했을 때 뜻밖의 이야기를 듣게 됐다.

"우리는 라인을 들어가야 하는 부서인데, 굳이 움직이기에 불편한 복장을 입을 필요가 있을까요?"

슈트를 입고 온 나를 보고 선배가 물었다. 첫 출근은 신입사원다운 단정한 옷차림을 갖추는 것이 예의라 생각하고 신경을 쓴 것인데, 지적받을 줄은 몰랐다.

"저 선배님, 그럼 어떻게 입어야 할까요?"

그렇잖아도 직원들과 옷차림이 다른 걸 알고 있는 나는 망설이지 않고 솔직하게 물었다.

"주변을 한번 보세요. 복장이 어때요?"

우리 부서, 아니 내가 근무하는 층에서 나만 유일하게 정장 차림이다. 나도 혼자 튀는 건 신경이 쓰이는 편인데, 회사에 정장 차림으로 출근한 것이 이토록 유별나 보일 줄은 몰랐다. 나중에 안 사실이지만, 영업 담당이 아니라면 굳이 슈트를 입을 필요는 없다고 한다. 대기업이다 보니 연수 기간 때는 보험, 전자 등 다양한 분야의 신입사원들과 어울리며 설명을 듣다가 반도체 분야가 아닌 다수 계열사 사원들에게 해당되는 복장 안내를 들은 것이었다.

출근해서 작업복을 갈아입어야 하는 특성상, 반도체 공장에서 근무하는 부서의 사원들은 상사의 눈치를 보지 않고 자유롭게 입고 다녀도 되는 특혜가 있었다. 지금은 많은 기업체에서 사원들의 복장에 관대해졌지만, 당시만 해도 내 주변 친구들은 비가 오나 눈이 오나 정장을 입고 출퇴근해야 했다.

매일 자유롭게 입고 출근할 수 있는 건 좋았지만, 나는 옷 색깔에 나름 신경을 썼다. 새로운 제품을 소개하는 '키노트 무대'에서조차 티셔츠와 청바지를 입었던 스티브 잡스나 저커버그처럼 편한 옷을 매일 입고 다녀도 상관없었지만, 주변 사람들에게 이상한 사람으로 인식되고 싶지 않아 똑같은 스타일의 옷을 색깔별로 구입하기도 했다. 가끔 출근길에 내가 너무 평범하고 특색 없이 옷을 입고 다니는 건 아닌가 싶은 생각이 들기도 했지만, 작업복을 입고 근무하는 환경 덕분에 그 걱정도 공장에 들어서면 쉽게 사그라들었다.

그러던 중 정장을 입어야 하는 일이 벌어졌다. 오랜만에 부서 내 젊은 사원의 결혼식에 참석하게 되었다. 5년 전에 구매하고 근 몇 년을 입지 않은 터라 5년 전보다 몸이 얼마나 불었는지 혹은 날씬해졌는지 슈트를 입고 알 수 있게 되었다.

놀랍게도 다리미질을 통해 각 잡아놓은 선이 살아있었다. 아내의 다림질 실력에 감탄하고 고마움을 느끼며 바지 한 짝에 다리를 꿰는데, 허벅지부터 심상치 않다. 어라? 요즘은 타이트하게 입기도 하니까 일단 채우고 보자. 하지만 허리와 배 때문에 단추가 잠겨지지 않는다. 벨트를 동원해서라도 잠그고 볼까?

평소 입고 다니질 않으니 이렇듯 시간이 지나서야 그간 내 체형이 얼마나 비대해졌는지 깨닫게 된다. '내일부터라도 당장 다이어트를 해볼까' 하는 생각이 불쑥 머릿속으로 솟아올랐다가 순식간에 내려앉는다. 얼마 지나지 않아 부질없는 일이 될 것이 뻔하다. 결국 청바지를 입고 결혼식장으로 향했다. 그리고 다이어트를 떠올린 일이 창피할 정도로 피로연장 뷔페를 맛있게 즐기고 있는 나 자신을 발견한다. '그래, 차라리 옷을 하나 더 사지. 굳이 내가 그 옷에 체형을 맞춰야 할 필요가 있어!'

가끔은 정장 차림으로 출근하는 사무직 종사자들이 부러워 보일 때도 있다. 옷차림만으로도 세련되고 자기 관리에도 신경 쓰는 사람들처럼 보인다. 그에 비해 나는 너무

촌스럽고 별생각 없이 살아가는 사람이 아닌가, 나도 모르게 비교하기도 한다.

하루는 오후 출근이라 아들을 유치원에 데려다주게 되었다.

"아빠, 왜 혼자 놀러 가?"

유치원에 도착해 헤어지려는데 뜻밖의 질문을 받았다.

"응? 아빠 놀러 가는 거 아닌데? 아빠도 일하러 갈 거야."

"내가 그림책에서 본 아빠들은 검은색 옷 입고 다니던데? 아빠는 빨간색, 파란색 옷만 입잖아."

"그건 아빠가 좋아서 입는 거야. 아빠 회사에서는 마음대로 옷을 입어도 돼."

사실대로 이야기해 줘도 아이는 여전히 못 믿겠다는 눈치다.

"아빠 회사 안 가고 맨날 놀러 가니까 그런 옷 입는 거지? 우리 선생님이 나라가 어려워서 일을 못 하는 사람들도 많다고 했어."

아니, 유치원에서도 경제 불황과 그로 인한 가정 경제의 악영향, 힘없는 가장의 서글픔까지 가르친단 말인가?

'아들아, 솔직히 고백하면 안 입는 게 아니고 못 입는 거

야. 맵시 있는 검은색 옷 입을 수 있도록… 노력은 해보마.'

이번 주말에는 아울렛에라도 가서 아들에게 인정받을 만한 옷을 골라봐야겠다. 그런데 지금 슈트를 사면 또 얼마 안 되면 못 입는 것 아닐까? 그 와중에 나는 왜 다이어트해서 체형을 줄일 생각을 하거나 한 치수 넉넉하게 사려는 생각은 안 하는 걸까?

능력치 제로의 신입상사가
텃세를 대하는 방법

"여기 주목. 신입사원 왔다."

"……."

사무실로 나를 데려온 상사의 말에 별다른 반응들이 없다. 내가 민망할 지경이다. 어느 회사, 어느 부서를 막론하고 보통 신입사원이 발령을 받고 오면 관심의 대상이 되지 않나? 호기심과 궁금증은 누구에게서도 찾아볼 수 없다.

출근 전, 신입사원 연수 기간에는 교육을 담당한 선배들이 따뜻하게 맞아주었다. 하지만 대기업의 특성상, 신입사원 연수가 업무인 이들이 건네는 말투와 행동에서는 진심이 느껴지지 않았다. 어찌 보면 당연한 일이었고, 나 또한 그들과의 관계에서 큰 기대를 하지 않았다. 매일 호흡하며 함께할 현장의 선배들이라면 이들과는 느낌이 다를 거라 생각했다. 이렇게 썰렁할 줄이야.

분위기만 썰렁한 것이 아니라, 실제 사무실 안에도 싸늘했다. 사무실은 부담스러울 정도로 너무나 넓고 자리도 빼곡한데, 정작 앉아있는 사람은 몇 명 없었다. 여기가 내 자리는 맞는지 비어있는 자리에 앉아 멀뚱멀뚱 컴퓨터 화면만 바라보고 있노라니 좀이 쑤시고 슬슬 호기심이 발동했다. 다른 자리에 있는 사람에게 다가가 말을 걸어보았다.

"혹시 다른 분들은 어디 갔나요?"

"라인."

화면에서 눈도 떼지 않고 단답형의 대답이 돌아왔다.

작업 특성상 대다수 사원들이 '라인'에서 근무하기에 사무실에서 근무하고 있는 분들과는 소속감이 덜하고 거리가 느껴질 수도 있을 거라 생각했다. 그래도 시간이 지나면 차차 나아질 거라 예상했지만, 며칠이 지나도, 한 달이 지나도 무슨 이유 때문인지 쉽사리 친해지기가 어려웠다.

"선배님, 제가 잘 모르는 것이 있는데요."

"저는 선배 아니에요. 다른 분께 문의하세요."

호칭을 뭐라고 해야 할지 망설이다가 말을 건넸는데, 상대방의 대답이 너무도 사무적이다.

"형, 이거 하나만 질문해도 될까요?"

"저는 친해지지 않은 사람과 형, 동생이라고 하지 않습니다."

아니, 방금 다른 사람이 형이라고 할 때는 받아줬는데?

라인에서는 제조를 담당하는 여사원들이 와서 이렇게 질문을 한다.

"선배, 온 지 얼마나 됐어요?"

"선배요? 저 어제 왔는데요."

"여기는 자기보다 나이가 많은 남자 사원에게 선배라는 호칭을 써요. 오빠라고 하면 좀 그렇잖아요."

어제 온 사람한테 선배라고 하는 것도 좀 이상하지 않나?

소통을 하려면 먼저 호칭 문제부터 해결해야 했다. 회사 정책상 고등학교 졸업자와 전문대학교 졸업자 그리고 4년제 대학교 졸업자의 직급이 다르다. 각각 3년 정도 차이가 발생한다. 예를 들면 고등학교 졸업 후 입사하여 3년을 근무했다고 하더라도, 대학교를 졸업하고 막 입사한 신입사원보다 직급이 낮다. 업무 능력도 나보다 뛰어나고 조직 시스템도 나보다 빠삭하지만 그 사람은 나의 부하직원이다. 반대의 관점에서 보자면 얼마 전까지만 해도 "선배" 하며 쫓아다니던 후배(나)가 얼마 지나지 않아 상급자라며 업무를 지시하게 된다.

그렇다고 여느 회사처럼 상사와 부하 직원이 서로 존댓말을 주고받는 분위기가 아니다. 함께 땀을 흘리며 팀워크를 다지고, 위급한 상황에서는 말 없어도 손발을 착착 맞추는 사이다 보니 "형, 동생" 하는 끈끈한 사이가 형성된다.

우리나라 정서상 나이와 직급이 확실하면 서로 간의 호칭에는 아무 문제가 없다. 하지만 학력에 따라 직급이 나뉘다 보니 호칭에 대한 문제가 생겼다. 게다가 나중에 안 사실이지만, 내가 속한 부서에서 대졸 신입사원이 발령받은 적은 지금껏 없었다고 한다.

부서장은 혼동이 생길 것을 고려해서 내가 출근하기 전 부서원들에게 이런 상황을 설명한 모양이다. 부서원은 총 60명이었는데, 나는 출근하자마자 30명의 부하직원이 생겼다. 아무것도 할 줄 모르는, 심지어 사무실에 화장실과 탕비실이 어디 있는지도 모르는 신입사원을 상사로 모셔야 하는 30명의 스트레스는 꽤 컸을 것이다. 이런 상황을 전혀 몰랐던 나 또한 선배와 동료라고 생각했던 이들의 사무적이고 쌀쌀맞은 태도가 몹시 서운했다.

"야, 넌 직급이 그 정도 되는데 왜 이런 걸 몰라?"

톡 쏘아붙이는 선배에게 나도 물러서지 않고 항변했다.

"아니, 이런 걸 본 적도 없는데, 내가 그걸 어떻게 알아요?"

"그 정도는 알아서 해야지. 그 정도 능력이 되니까 대졸 사원 뽑은 거 아니야?"

"대졸이고 뭐고 간에 모르면 가르쳐 주는 게 동료 아닌가요?"

"네가 책임자인데 그걸 왜 나한테 물어? 알아서 해야지!"

이렇듯 나에게 기 싸움을 걸어오는 선배들이 몇몇 있었다. 대다수 선배들은 내가 신입사원이라는 점을 배려해서 친절하고 자세하게 가르쳐 주었다. 하지만 텃세를 부리는, 심보 고약한 선배들은 소수였지만 커다란 스트레스였다. 대졸자라는 이유로 특별대우를 받는 내가 탐탁잖다는 듯이, 신입사원인데도 적응할 수 있는 도움 없이 압박을 받아야 하는 상황이 나 또한 이해하기 힘들었다.

그러다가 크게 싸움이 벌어졌다.

"아니, 이걸 왜 몰라?"

"이런 설비는 내가 잘 몰라요. 이 알람도 오늘 처음 봤어요. 설명 좀 부탁드립니다."

'왜 몰라'로 시작되는 지적에도 슬슬 한계가 느껴지던 때였다. 나는 입술을 깨물고 부탁했다.

"네가 리더인데 그런 건 알아서 찾아야지."

"아니, 그거 하나 가르쳐 주는 게 그렇게 힘들어요?"

리더, 책임자 운운하며 알아서 하라는 말에 나도 모르게 언성이 높아졌다.

"야, 너 말 다했어?"

어이가 없다는 표정으로 '야, 너'라는 표현을 하는 그에게 나도 더 이상 참을 수가 없었다. 아무리 선후배 간에 반말이 오가는 분위기라지만, 이런 표현은 과하다는 생각이 들었다.

"다했다. 그리고 내가 리더면 상급자 아니야? 왜 내가 말하는데 자꾸 딴소리를 해? 그리고 너, 왜 반말이야?"

나에게도 이런 면이 있었나 싶을 정도로, 내가 모르는 모습들이 내 안에서 터져나왔다. 여태껏 끊임없이 반복되는 텃세 부리는 선배들을 향한 내 솔직한 심정이기도 했다. 속에 꾹꾹 담아두었던 인내가 폭발하면서 이런 식으로 질러버리고 말았다.

이렇게 평소와 다른 모습을 보이니 상대방은 놀라울 만큼 금방 꼬리를 내렸다. 가슴속에 묵혀놓은 돌덩이가 순식간에 사라진 것처럼 통쾌하면서도, 마음이 그 하루 동안 너무도 불편했다. 그래도 시간을 되돌려 그 순간으로 돌아간다고 해도 나는 참지 않고 큰소리를 냈을 것 같다. 한 번쯤은 그런 상황에서 참지 않고 내 본심을 표현해야 할 필요가 있었다.

그 선배와의 앙금은 3개월이 지나서야 풀 수 있었다. 그가 나보다 앞서 근무하고 업무를 교대하게 됐는데, 본인이 실수한 상태로 업무를 나에게 인계하게 되었다. 나는 아무 말 없이 그 일을 도와주었다. 물론 내 근무 시간이었으니 그 일을 같이하는 것이 당연했다. 하지만 당시 우리 부서는 본인이 실수한 일은 본인이 끝까지 마무리 짓고 퇴근하는 암묵적인 룰이 있었다. 그 선배로서는 관계가 껄끄러운 나에게 자신의 실수를 알리고 도움을 청하기가 굉장히 민망하고 힘들었을 것이다.

서로 근무 시간이 다시 맞닿은 시점에서 같이 술을 한잔 곁들일 기회가 있었다.

"사실 그때 실수하고 나서 정말 힘들었는데, 그렇게 도와줄 줄은 몰랐다. 널 다시 보게 되더라."

"저도 그 전에 화낸 거 미안합니다. 근데 다시 돌이켜 봐도 왜 나를 그렇게 대한 건지 솔직히 이해가 안 가요."

술김의 힘을 빌려 나는 속내를 털어놓았다.

"사실 여기서 일하는 우리들은 몇 년이나 손발을 맞춘 사이야. 근데 간부들이 네가 온다면서 상급자니까 앞으로 지시 잘 따르라고 하는데, 솔직히 빈정이 상하더라. 너를 시작으로 앞으로 대졸자들이 입사할 텐데, 무조건 우대해 주는 게 싫더라고. 다른 사람들은 어떻게 생각했는지 몰라도, 난 기분이 별로였어. 그래도 시간이 지나면 널 상급자로 인정하고 나도 이제 적응해야지 싶은 생각은 하고 있었어…. 고생하는 거 뻔히 보이는데… 도와주지 않아서 미안하다."

"그랬군요. 나도 선배들 심정을 좀 더 생각해 보면 좋았을 텐데, 그러질 못했네요."

술의 효능은 놀라웠다. 맨정신으로는 꺼내기 힘든 진심이 어렵지 않게 서로를 오갔다. 물론 다음 날에는 언제 그랬냐는 듯 그 선배는 투덜거렸다. 하지만 나도 심각하게 받아들이지 않고 맞받아치듯 핀잔을 주거나 가볍게 농을

치는 등 유연하게 대응하게 되었다. 그의 솔직한 마음을 알게 되니, 그의 성격이나 스타일도 이해하게 되면서 받아주게 된 것이다.

열 길 물속은 알아도 한 길 사람 속은 모른다고 했던가? 돌아보면 사람 사이의 관계, 특히 직장 내에서의 갈등은 누군가에 대한 오해와 선입견에서 비롯되는 것 같다. 그 갈등을 해소하기 위해 많은 기술들이 존재하고 세련된 기술을 구사하는 상사들이 많지만, 내가 찾은 기술은 상대에게 솔직한 생각을 전달하고 상대에게도 솔직한 생각을 듣고 이해의 폭을 넓히는, 아주 평범한 방법이다. 각자 직장과 직업이 갖는 의미는 크게 다를 것이 없을 텐데, 서로 솔직한 입장을 전하고 이해하는 것 외에 더 명쾌한 방법이 있을까? 어쨌든 절대 친해질 수 없을 것 같았던 쌀쌀한 선배와 농담을 주고받는 사이가 되고 보니 내가 부서에 차츰 적응하고 있다는 느낌이 들었다.

여전히 적응 중인
특수직 종사자

근무 형태	의미	근무 시간
Day	Daytime, 아침 시간.	06:00 ~ 14:00
Swing	아침과 저녁 사이의 시간(연결의 의미).	14:00 ~ 22:00
G/Y	Grave Yard(묘지기), 중세 유럽에는 야간에 묘를 파헤치는 경우가 많아서 묘지기를 세운 시간대.	22:00 ~ 06:00

반도체 회사의 라인은 24시간 기계가 작동한다. 기업체 중 연중무휴 하루 종일 공장이 가동되는 곳은 전 세계를 찾아봐도 쉽게 발견하기 어려울 것이다. 돈에 눈이 먼 경영자 때문에, 근무 시간이 얼마가 되든 월급을 잔뜩 받고 싶은 열망이 가득한 직원들 때문에 이런 현상이 벌어지는 건 아니다.

반도체 설비는 다른 산업의 공장과 달리 공정의 컨디션을 맞추는 데 굉장한 시간이 소요된다. 우리는 이를 '에이징'이라고 말하는데, 공정이나 설비, 시간과 상황에 따라 차이가 발생한다. 톱니바퀴 돌듯 라인이 원활하게 돌아가게 하려면 예열 과정을 거치게 되는데, 많게는 3~4일이 걸리기도 한다. 이런 문제 때문에 설비를 절대 멈추지 않으려고 기를 쓰고 노력하게 된다. 때문에 24시간, 3교대의 근무 방식으로 일하게 되었고, 교대 근무를 하는 직원들은 필연적으로 늘 피곤과 함께한다.

"하아암. 아, 너무 졸리다."
"점심도 안 먹었는데 졸려?"
오전 11시. 평범한 직장인이라면 출출함을 느끼며 오늘 점심엔 뭘 먹을까 생각하는 시간이지만, 'DAY' 근무를 하고 있는 나는 서서히 적립된 피로가 눈꺼풀을 끌어내리는 시간이다.
"선배, 나 어제 스윙(14~22시 근무) 근무 섰어요."
"뭐? …오케이, 인정! 지금 시간 좀 있으니까 가서 커피나 한잔하고."
사실 이렇게 근무가 하루 단위로 바뀌지는 않는다. 다만 다른 시간대의 근무자에게 피치 못할 사정이 생겨 누군가 근무 시간대를 바꿔줘야 했고, 그 누군가의 역할을 내가 한 것이다. 퇴근하고 불과 네 시간도 못 자고 출근하고 보니 이 지경에 이르렀다. 점심 먹을 생각보다 자고 싶은 생각이 더 간절하다. 그나마 내일은 하루 종일 쉴 수 있으니 밀린 잠을 쭉 잘 수 있다는 사실을 떠올리며 커피 한 잔으로 버텨본다.

반도체 FAB('fabrication', 즉 '제조'의 약자로 반도체 소자를 만드는 제조 라인을 뜻함. 흔히 '팹'이라 부름)에서 근무를 하게 되면 이와 같은 교대 근무는 피할 수 없다. 부서마다 조금씩 차이가 있지만 보통 6일을 근무하고 2일을 쉬는 방식을 활용한다. 흔히 생산을 담당하는 제조부서의 여사원들은 1년의 근무표가 한꺼번에 나오는 4조 3교대(네 개의 조가 돌아가면서 여덟 시간씩 24시간 근무하는 형태, 이 경우 하루에 한 개 조는 필수적으로 휴무가 보장된다)로 근무를 하게 되고, 내가 있는 기술부서는 변형 교대라고 하여 특별히 누군가를 어느 조에 넣지 않고 부서의 여건에 맞게 자유롭게 근무하도록 한다. 다만 근무 시간은 주 단위로 기준을 삼아 너무 자주 바뀌지 않게 신경을 써서 시간이나 방식에 익숙해지면 크게 어려울 건 없다.

하지만 근무 시간이 바뀌는 첫날이거나 늦잠을 잔뜩 누린 휴일의 마지막 날을 멀뚱멀뚱 보내고 나면 정말 끔찍한 하루를 경험하게 된다. 분명 오피스 근무자보다 일한 시간이 짧은데, 왜 이렇게 피곤한 것일까(오피스 근무는 '여덟 시간 근무 시간+한 시간 식사 시간'으로 구성되어 있으며, 교대 근무는 식사 시간을 포함해 여덟 시간만 하면 됨).

부서에 신입사원들이 들어오고 나면 인터넷의 회사 게시판에 익명으로 글을 쓸 수 있는 '블라인드(Blind)' 공간에도 푸념들이 한바탕 올라온다.

'이렇게 힘든 줄은 몰랐어요', '교대 근무가 이런 건 줄 알았으면 오지 않았을 텐데', '나는 이 기업에 재입사하더라도 FAB으로는 오지 않을 거야'…

많은 신입사원들이 근무 형태가 이러하다는 사실을 숙지하고, 힘들 거라 예상하고 입사하지만, 한두 달 겪고 나면 이런저런 하소연을 쏟아낸다. 나 역시 처음 출근할 때만 해도 근무 방식에 내 몸을 적응시킬 자신이 있었다. 오히려 나는 퇴근 후 여가 시간을 다양하게 누려보려는 생각까지 했다.

많은 직장인들이 '워라밸'에 관심을 갖고 있다. 아직 그

단어가 생소한 무렵이었지만, 나는 몸을 건강하게 가꿔보자는 마음으로 헬스를 시작했다. 하지만 얼마 못 가 벤치프레스에 누워 깜빡 졸고 난 경험을 하고 운동을 깨끗하게 포기했다. 부모님과 함께 살던 집에서 나와 원룸에 혼자 살게 되면서, 요리가 여러모로 좋을 것 같아 취미를 붙여보기로 했다. 음식을 만들던 중 아무래도 몸이 무거워 요리고 뭐고 잠시 눈 좀 붙이자는 생각에 침대에 누웠다가 나중에야 프라이팬에 불을 붙인 사실을 떠올렸다. 집 안을 홀랑 태워먹을 뻔한 아찔한 일을 겪고 요리 또한 취미생활 목록에서 지웠다.

뭔가 혼자서 하는 활동은 현실적으로 불가능했다. 차라리 나 자신을 어디에 묶어놓고 무엇이 됐든 열심히 할 수 있게 강제할 필요가 있었다. 그래서 생각해 낸 것이 '영어학원 등록'이었다. 확실히 하자는 심정으로 나는 일부러 원룸과 회사에서 가까운 영어학원을 제쳐두고 서울 강남역에 있는 학원에 등록했다. 늘 인파로 북적이는 도시 한복판에서 생동감을 느끼고 싶었고, 영어 공부에 진심인 사람들 사이에서 자극을 받으면 나도 의욕이 더 생길 거라 생각했다.

'헬스도, 요리도 다 회사 근처여서 그랬던 거야. 회사에

서 최대한 멀리 벗어나자.'

밤 근무(G/Y)를 하고 있을 때라 아침 시간대 수업에 등록했다. 그 시각, 남들은 출근 전 학원에 오는 반면, 나는 일을 마치고 학원에 온다는 차이가 색다르긴 했다.

'좋아. 이 시간에 차도 많이 없고, 서울로 왔다 갔다 하면 기분 전환도 되겠는걸! 밀린 영어 공부도 제대로 해보자.'

대학생 시절, 영어 공부에 매진했던 적이 있었다. 하지만 취직을 하고 난 다음, 책 한 권 제대로 펴본 적이 없었다. 바쁘다는 핑계로 스스로를 합리화했는데, 영어에 대한 미련도 남아있고 마침 회사에서도 영어 능력이 인사평가에 도움이 된다고 해서 이참에 제대로 공부해 볼 작정이었다.

첫날 수업에는 쌩쌩했다. 오히려 내 주변에 아직 아침잠을 물리치지 못한 사람들이 몽롱한 표정으로 수업을 듣고 있었다. 그들에 비해 나는 학원 팸플릿이나 홈페이지에 넣어도 부족함이 없는 모범 수강생이었다. 아침 7시 강의에 이렇게나 많은 사람들이 학원에 온다는 사실이 놀라웠다. 하지만 영어회화를 배우는 수업인데, 쉽사리 입을 떼는 사람들이 별로 없었다. 이른 아침 시간이어서 그런 것일까, 낯선 사람 앞에서 스스럼없이 말을 건네는 게 어색한 우리 문화 때문에 그런 것일까? 나야 천성이 부끄러움이라는 것을 모르고 사는 사람이라 '콩글리쉬'를 섞어가며 말을 이어나갔다. 강사분도 웃고, 주변 사람들도 내 막힘없는 콩글리쉬를 친절하게 받아줬다.

이튿날부터 상황이 바뀌었다. 퇴근하며 잔뜩 무거워진 몸을 서울로 향하는 셔틀버스 좌석에 묻었다. 서울에 도착하기 전까지 잠을 자두어 영어 수업에 집중할 수 있는 컨디션을 만들고자 했다. 퇴근 전 교대 근무자에게 전달한 업무 상황이 갑자기 기억나지 않는다. 어쨌든 학원에 왔으니 수업에 집중해 본다. 강사의 낭랑한 목소리를 듣고 있는데, 어느 순간 필름이 끊긴 느낌이 드는가 싶더니 갑자기 정신이 번쩍 든다.

"쓰읍."

입 언저리에서 턱으로 흐르는 침을 서둘러 닦는다. 부끄러움이 차오르며 잠이 확 깬다. 강사와 눈이 마주친 것도 같은데, 순전히 기분 탓이겠지.

셋째 날, 기분이 뭔가 좀 이상하다. 퇴근 셔틀버스를 타고 강남역에서 내려야 하는데, 하마터면 지나칠 뻔했다. 수업 시간에 맞춰 학원에는 잘 도착했다. 강사분의 이야기를 들으며 눈을 한 번 깜빡거렸을 뿐인데, 어느새 진도가 챕터 하나를 넘어가 있다. 영어로 대화를 주고받아야 하는데, 상대방의 말도 제대로 들리지 않는다. 집으로 돌아가는 버스 안에서 나는 기다렸다는 듯 잠이 들었다. 결국 두 정거장이나 지나치고 나서야 눈을 뜨게 됐는데, 그 상황을 다행이라고 해야 할까.

넷째 날이 되었다. 퇴근하고 서울로 가는 셔틀버스를 타야 할지 말아야 할지부터 고민이 된다. 어제 아침에 벌어졌던 일을 떠올리자니 참담하다. 학원을 가는 것도, 안 가는 것도 부담스럽다. 뭉그적거리다가 결국 셔틀버스를 놓치게 되었고, '그래도 어떻게 다짐하고 시작한 영어 공부인데' 하는 의지를 떠올리며 광역버스를 타고 출발했다. 혹시나 어제처럼 제때 내리지 못할까 싶어 긴장하며 눈을 잠시 붙였을 뿐인데, 깨어나 보니 놀랍게도 버스는 서울이 아닌 회사 방향 고속도로를 시원하게 내달리고 있다.

결국 나는 나 스스로에게 두 손을 들고 말았다. '정신이 육체를 지배한다'는 말은 최소한 나에게 적용될 수 없는 법칙이었다.

직장인이라면 누구나 겪는 '케바케의 고충'을 그 당시 나와 친구들은 만나면 무용담처럼 쏟아냈다. 매일 새벽같이 출근하고 야근을 밥 먹듯이 한다며 직장생활을 한탄하는 녀석도 있고, 술을 잘 마신다는 이유로 거래처 담당자에게 저녁 식사를 대접하는 자리에 매번 참석해야 한다고 하소연하는 녀석도 있었다. 친구들 틈바구니에서 나는 이렇다 할 썰을 풀어내지 못했다. 어쨌든 여덟 시간이면 근무를 마치는 나와 다른 긴 업무 시간에 힘들어 하는 친구들의 처지가 더 크게 나가왔고, 20대 시절에는 근무 형태가 바뀐다고 해도 체력적으로 적응하고 버틸 만했다. 하지만 30대를 넘기면서 바뀐 근무 시간에 몸이 적응하는 속도가 확실히 느려졌다. 신입사원 시절에 하루면 충분했던 시간이 이제는 그 이상이 필요하다.

한정된 하루라는 시간, 유한한 육체… 모든 직장인들은 주어진 조건 안에서 아득바득 치열하게 살아가고 있다. 그 직장인이라는 카테고리 안에서 '특수직'이라는 가지 너머에 아마 내 자리가 놓여있지 않을까. 매번 머리로는 받아들이려고 해도, 몸이 따라주지 않는 특수한 근무 방식을 십몇 년째 적응하려고 애쓰고 있다.

미션 임파서블:
모두가 행복한 근무 일정을 작성하라!

우리 부서는 서로 업무를 연계하는 시간을 제외하면 특별히 대화를 나누지 않는다. '기계쟁이' 아니랄까 봐 이야기의 꽃은 대부분 설비로 한정된다. 하지만 매달 15일이 넘어서면 분위기가 급변한다. 처음에는 한두 사람만 소곤거리다가 누군가의 모니터 화면에 엑셀표를 띄워놓고 모여 활발하게 이야기를 주고받는다. 그러다가 목소리들이 차츰 커진다. 적막한 사무실에서 언성들이 높아지면 나는 속으로 '이번 달에도 드디어 시작됐구나!' 하고 되뇐다. 다른 회사에서는 절대 일어나지도 않고, 이해하지도 못할 그 열띤 토론.

"선배, 이게 뭐죠? 제가 왜 연속으로 주말에 세 번이나 근무하죠?"

믿을 수 없다는 표정을 지으며 나에게 묻는 후배에게 나는 차분하게 대답한다.

"나는 다음 달에 몽땅 주말 근무하는데?"

후배는 동그랗게 눈을 뜨고 다시 엑셀표를 확인한다.

"아, 진짜네… 하… 그래도 이거 좀 심한 거 아닌가요?"

"나도 사정을 봐주고 싶지만, 다음 달은 연휴가 있어서 어쩔 수가 없어."

'주 5일, 40시간' 근무가 일반화되었다고 하지만, 반도체 분야에서는 '남의 나라 이야기'다. 나는 입사하고 나서 단 한 번도 주 5일 근무를 해본 적이 없다. 신입사원들이 출근하고 표정관리에 실패하는 대목이기도 하다. 다름 아닌 매달 진행하는 근무 일정표 작성 때문이다.

"왜 저만 맨날 일요일에 근무해요?"

"사정이 있으면 다른 사람하고 일 대 일로 바꿔. 내가 바꿔줄 수도 있고."

"바꾸긴 누가 바꿔주나요? 선배 토요일 근무하는 거나 제가 일요일에 근무하는 거나 그게 그거죠."

좋은 회사의 조건 중 하나는 남들 일할 때 일하고 남들 쉴 때 똑같이 쉴 수 있는 곳이라는 말이 있다는데, 이 말은 내가 반도체 회사를 다니면서 피부가 아니라 뼛속에 와닿는 격언이 되었다. 평범한 회사라면 애초에 이런 문제가 발생하지 않을 텐데, 우리 부서는 늘 한 달에 한 번 근무 일정 때문에 모두가 애를 태운다. 지난달에 누군가가 주말 근무를 많이 했다면 이번 달에는 그 사람의 주말 근무를 상대적으로 줄여주는 암묵적인 룰이 있긴 하지만, 피치 못할 가정 행사나 특별한 사정이 생기게 되면 이 암묵적인 룰도 수시로 무용지물이 된다. 매달 매번 겪는 문제는 모두가 만족하고 수긍할 만한 근무 일정표를 만들 수 없다는 것.

"왜 내가 일요일에 일해야 합니까?"

"네가 이 날짜에 쉬고 싶다고 해서 그 날짜 맞춰주고, 그 대신 일요일 근무에 넣은 거야."

벌을 주려는 건 아니지만, 나 나름대로는 원하는 휴일을 맞춰주고 남들이 선호하지 않는 일요일에 근무를 넣은 것이다.

"좀 주말에도 쉬면 안 되나요?"

남들처럼 토요일, 일요일에도 쉬면서 가족과 시간을 보내고 싶은 그 심정은 이해 못 하는 건 아니지만, 사정을 뻔히 알면서 이렇게 나오는 후배들에겐 솔직히 서운하다.

"네가 원하는 날에도 쉬고, 주말에도 쉬면 다른 사람은 그만큼 못 쉬는 거 알잖아. 그럼 다음 달에 넌 평일에만 쉴래?"

"아니 그건 좀….”

본인이 생각해도 마땅한 대안이 없으니 순순히 물러나지만, 불만은 쉽게 사그라들지 않는다.

우리 부서에는 오피스 근무(아침에 출근해서 저녁에 퇴근)를 하는 사람과 교대 근무를 하는 사람이 섞여있다. 오피스 근무만 하던 사람도 주말에는 교대 근무에 투입된다. 교대 근무자들 중 주말에 쉬는 사람들을 대신하는 것이다. 교대 근무 방식으로 계속 일해온 사람 중 또 일부는 평일에 쉴 수 있게 배려해 주지만, 오피스 근무만 하는 사람은 평일에 휴일을 주지 않는다. 그렇게 되면 오피스 근무자의 해당 업무를 대신해 줄 사람을 구해야 하는데, 주말에도 근무해야 하는 상황에서 오피스 근무를 백업해 줄 여력이 없다. 때문에 '특근'이라고 해서 임금을 더 받으면서 근무하게 된다. 보통은 2주에 한 번 정도 주말에 근무하게 된다. 한두 번이면 그러려니 싶은데, 이러한 근무 방식이 일상생활에서 계속되다 보면 은근히 '워라밸'을 방해하는 요소가 된다.

모두가 근무 일정에 예민할 수밖에 없기에, 근무 일정을 작성하는 것도 업무가 된다. 아예 효율성과 공정성을 높이기 위해 근무 일정을 작성하는 역할을 한 명에게 맡긴다. 역할을 담당하는 사람은 대단한 권력을 손에 쥔 것처럼 보이지만, 온갖 민원에 시달리며 압박감을 견뎌야 한다. 한두 사람에게만 아쉬운 소리를 들어도 부담스러운데, 수십 명이나 되는 직원들의 다양한 속사정을 경청하며 일정을 짜야 한다. 정신력도 강해야 하고, 근무 일정 작성 이후 자신에게 쏟아질 원망을 피하기 위해서는 기본적으로 스스로를 토요일이나 일요일 근무 일정에 넣을 수밖에 없다.

야간 근무를 선호하는 사람이 있는가 하면, 새벽에 출근해서 일하고 싶어 하는 사람도 있다. 이런 사람들에게는 그 시간대에 근무하라고 하면 좋을 텐데, 이조차도 회사 규정상(동일 근무는 최대 6일까지만 한다) 불가능하다. 애초부터 해결책이 보이지 않는다.

"그 근무 일정, 제가 한번 작성해 볼게요" 하고 호기롭게 나섰다가 혀를 내두르며 다른 사람에게 넘기는 경우가 허다하다. 민감한 사안을 떠안는 일이라 도저히 정답이 없다. 근무 일정을 작성했던 사람들끼리는 "이 일은 잘해야 본전, 못하면 욕먹기 딱 좋다"고 한목소리로 말한다. 이 일정을 짜느라 마음고생 참 많았다고 이해해 주는 사람은 아무도 없다. 마음대로, 공정하게 작성하라고 권력이 쥐여지지만 어떻게든 조금이라도 사용할라치면 눈칫밥을 먹어야 하는 황당한 업무이다. 가끔은 내가 왜 이런 일에 나서서 고생을 하고 있나 싶다. 나 역시도 쉬고 싶은 수십 명 중 하나인데.

가끔은 막무가내로 어깃장을 놓는 후배들도 나타난다. 이미 자기가 듣고 싶은 답을 정해놓고 나에게 와서 내 입으로 그 답을 말해 달라고 한다. 오죽하면 그럴까 싶으면서도 답을 줄 수 없는 나도 답답하기 이를 데 없다.

"이번 주하고 다음 주 주말에 저는 일이 있어서 주말 근무는 어렵겠는데요."

"제가 주말 근무를 해야 한다면 토요일 새벽에 넣어주세요."

"저는 저 선배와 근무하지 않게 해주세요. 사이가 너무 안 좋아서요."

이런 이야기를 쏟아내는 사람이 한 달에 보통 열다섯 명이 넘는다. 이런 다양한 사정을 들어가며 근무 일정표를 작성하는 것이 어떻게 가능할까?

나는 5년 동안이나 근무 일정표를 작성했다. 그 사이 2년 정도 교대 근무자로 일했다. 부서 사람들의 고충을 잘 알기에 최대한 공평하게 인원을 배치할 수 있도록 신경 썼고, 다른 사람들이 선호하는 시간과 날짜에 넣고 남은 자리에 나를 넣었다. 그럼에도 공평하게 작성했다고 떳떳하게 말하기가 망설여진다. 많은 사람들의 하소연, 고민, 부탁, 항의 등을 적정한 선에서 끊어내는 것이 참 힘들었다.

"저 연차를 좀 써야 할 것 같은데요."

연차를 쓰는 것은 본인의 자유지만, 나에게 찾아와 이야기를 꺼낸다는 건 최소 3일 이상 사용하겠다는 의미다. 그러니 본인의 업무에 다른 사람을 보충해 달라는 뜻이다.

"아, 그래? 잠깐 근무 일정 좀 확인해 보자."

누가 연차를 쓰겠다고 하면 나는 본능적으로 근무 일정표를 살펴본다. 일반적인 회사와 달리 교대 근무 방식으로 돌아가는 우리 회사는 사정이 다르다. 한 사람 빠진 자리를 그대로 두면 그 시간대에 근무하는 사람은 식사할 시간도, 화장실에 갈 시간도 없이 말 그대로 '기계'처럼 일해야 하는 상황이 벌어진다. 가끔은 누군가에게 뜻하지 않은 일이 벌어져 업무를 대신할 사람을 긴급하게 찾아야 하는 일이 발생한다. 나도 모르게 식은땀이 나기도 하는데, 급한 대로 이 사람, 저 사람에게 부탁했다가 결국엔 내가 그 업무를 대신하기도 한다.

누구에게나 똑같이 위급하거나 힘들 때 사람의 본성이 드러난다고 하는데, 반도체 분야에서 '대체 업무' 요청에 반응하는 태도를 보면서 본연의 모습을 짐작하게 된다. 모처럼 시간이 되어 가족들과 제주도로 짧은 여행을 간 사이, 회사에서 연락이 왔다. 누군가에게 갑작스럽게 일이 생겨 대체 근무자를 찾아야 하는 상황이 벌어졌다. 마침 이틀 정도 쉴 수 있는 후배가 있어 사정을 했다.

"A야, B가 집에 문제가 생겨서 급하게 연차를 써야 한다고 하는데, 미안한데 내일 근무 좀 서줄 수 있을까?"

"선배, 저 내일 집에서 쉬고 싶어요."

"쉬는 날을 좀 바꿔서 하면 어려울까?"

"전 근무 바꾸는 건 좀 별로인 것 같아요."

언제 쉴지를 알고 계획을 세워둔 후배 입장에서는 내 요청이 황당하고 부당하다고 느껴질 수도 있다. 하지만 내심 서운하다. '차라리 내가 가서 하고 말지' 하는 생각이 들기도 하지만, 지금 가도 근무 시간에 맞출 수 없다. 하는 수 없이 그다음으로 시간적 여유가 되는 후배에게 아쉬운 소리를 한다.

"그래요? 그럼 내일 제가 나갈게요."

"아, 너 쉬는 날 바로 다음인데 괜찮아?"

긍정적으로 화답해 주는 후배가 믿기지 않아 한 번 더 되물었다.

"하루 더 일하면 그만큼 돈 더 버는 거라 생각해야죠, 뭐."

"너… 진짜 고맙다."

따뜻한 마음씀씀이를 지닌 후배를 만나면 마음이 훈훈해진다. 사실 나도 사람인지라 이런 인상적인 모습들은 나도 모르게 머릿속에 쏙쏙 각인된다. 근무 일정을 세울 때 비슷한 조건과 상황이라면 예전에 배려해 준 후배를 먼저 떠올리게 된다.

도무지 안 될 것 같은, 불가능한 일이 가능할 수 있는 건 가끔씩 갑작스럽게 등장하는 사람들의 선의와 배려 덕분이다. 어쩌면 그 덕에 나도 5년이라는 세월 동안 도저히 가능하지 않을, 근무 일정을 작성할 수 있었는지 모른다.

고래 싸움에 새우등짝이
되어버린 사람들

몇 해 전, 오랫동안 사이가 좋지 않았던 두 나라가 서로를
지적하며 정치적인 조치를 취하는 일이 벌어졌다. 한쪽에
서는 과거에 벌였던 잘못된 행동을 공식적으로 사과해 줄
것을 요구했고, 다른 한쪽에서는 그 문제는 이미 전임 정
부와 어떻게 할 것인지 협의를 마쳤는데 왜 새삼 갈등을
일으키냐고 불만을 토로했다. 교차점 없이 평행선만 달리
다가 결국 이 사안은 정치적 영역에서 경제적 영역으로 불
똥이 튀었고, 내가 일하고 있는 반도체 기업들이 직격탄을
맞았다. 바로 일본의 '반도체 수출 규제'이다.

　한동안 '노 재팬' 캠페인이 벌어졌고, 이참에 "일본산

소부장(소재, 부품, 장비) 산업을 국산화로 대처하자"는 목소리도 높았다. 당시 현장에서 일하고 있는 우리는 모두 이 목소리에 고개를 갸웃거렸다. 정치적 이슈에 대해서는 그다지 논하고 싶지 않다. 우리나라와 일본 정부 모두 포기할 수 없는 입장이 있었을 것이다. 다만 염려스러웠던 것은 반도체 제작 과정에서 일본산 제품의 비중이 어마어마했고 그것을 대체할 수 있는 방안이 전무했다는 점이다. 재료를 바꾸는 과정이 상당히 길고 복잡했다. 이것을 실현시키기가 현장에 있는 우리의 눈에는 거의 불가능해 보였다.

"다른 회사들은 재료 공급사를 바꿨대."

"그 회사들은 그래도 애초에 대체를 할 수 있는 곳이 있나보지."

"우리도 바꾼다고 하는 거 아니야?"

"우린 거의 100% 일본 회사 제품을 쓰고 있는데, 지금 와서 그걸 바꾼다고? 가능하겠어?"

이런저런 소문이 돌아도 현실적으로 부품, 장비 교체가 쉬운 일이 아니기에 설마 하는 마음이 들었다. 반도체 생산에서 가장 중요한 것은 높은 순도를 가진 원료이다. 우리가 많은 제품을 중국에서 수입하고 있지만, 정밀 기계나 자동차에 들어가는 부품을 미국, 독일 그리고 일본에서 수입하는 이유는 바로 높은 완성도 때문이다. 완성도 높은 제품을 만들기 위해서는 재료의 성능부터 꼼꼼하게 따져야 한다. 그러한 우리의 요구를 만족시키는 곳이 바로 일본의 회사들이다. 오랫동안 재료의 순도에 대해 많이 연구해 왔고 나름의 비법을 갖춘 이 회사들은 여느 경쟁사들보다 안정적이고 질적으로 뛰어난 제품을 공급해 준다. 그 어떤 회사들도 대신할 수 없을 정도다.

우리 부서에서 가장 중요한 화학물질 재료는 HF(불산)이다. 웨이퍼(실리콘으로 이루어진 원반 모양의 부품으로 반도체를 생산할 때 쓰임) 위의 오염원을 탁월하게 제거해 주는 역할을 하는 물질인데, 일본에서 생산된 제품을 거의 100% 사용할 정도로 의존도가 높은 편이다. 국내 기업에서도 생산하긴 하지만, 일본의 기업만큼 뛰어나지 않다. 사실 가격도 일본 제품이 비싸지 않은 편이라, 한일 양국의 관계가 악화되어도 정말 별일이 있을까 싶었는데, 어느 날 회의 시간에 부서장의 청천벽력 같은 한마디가 귀를 때렸다.

"오늘부터 불산의 사용량을 줄이는 아이템을 가져오고 소재 전환 평가 준비를 한다."

"왜요?"

나도 모르게 부서장에게 물음을 쏟아냈다.

"일본에서 수출 문제로 공급이 어렵다고 연락이 왔어."

"아니, 몇십 년 동안 잘 팔다가 왜 갑자기 안 판다는 거죠?"

내 무식함이 너무 돋보였나 보다. 모두의 시선이 나에게 순식간에 들러붙는다.

"뉴스 안 보냐? 스마트폰으로 게임만 하지 말고 뉴스 좀 봐."

"아니, 세상에! 우리가 사지 않겠다고 하는 게 아니라 일본에서 우리한테 안 팔겠다고 한 거라고요?"

사실을 알게 된 나는 경악을 금치 못했다.

"그러니까 우리가 지금 머리를 쥐어짜고 있는 거 아니냐!"

일본과 사이가 좋지 않다는 건 어렴풋이나마 알고 있긴 했는데, 그 여파가 내 업무에 이토록 크게 영향을 끼칠 줄은 몰랐다. 하필이면 문제의 불산을 가장 많이 사용하는 부서가 우리 부서였다. 당장 남은 불산의 양을 계산하고 새로운 소재로 업무를 진행하고 결과를 파악하라는 지시가 떨어졌다.

반도체는 소재에 굉장히 민감하다. 기존 소재에서 새로운 것으로 바꾸게 되면 적응하기까지 꽤 긴 시간이 걸린다. 때문에 되도록 꾸준하게 소재를 공급해 줄 수 있는 회사의 제품을 사용한다. 더구나 같은 회사가 아닌 다른 회사의 소재로 바꾸게 되면 상당한 시간을 들여 검증해야 한다. 검증하는 기간 동안 데이터를 확보해 둬야 한다. 물론 기본적인 업무도 진행해야 한다. 결론은 원래 하던 일에 새로운 업무가 얹어진 셈이다.

소재를 변경하는 일은 이렇듯 현장 담당자들의 의견을 수렴하는 과정을 거치는데, 이번에는 그 과정을 건너뛰고 진행하는 걸 보니 상황이 예상보다 심각한 듯싶었다. 1년 정도 시간을 두고 물량을 조금씩 올려 테스트하는 과정도 건너뛰고, 빠른 시간 안에 결과를 도출하라고 하니 회사 내 분위기도 긴장감이 흐르고 뒤숭숭했다. 같은 부서에서 협업하는 관계인 공정 엔지니어(설비의 공정 조건을 잡는 역할을 하는 사람)들도 신경이 날카로워지고, 항상 타 부서의 요구사항에 대해 어떻게 진행할 것인지 혹은 어떻게 진행되고 있는지 알려줘야 하는 우리 설비 엔지니어들이 받는 스트레스도 굉장했다.

"선배님, 이거 결과 언제 나오죠?"

낯빛이 어두워진 공정 엔지니어 쪽 후배가 묻는다.

"지금 계측 들어갔으니까 두 시간 뒤에는 나오지 않을까?"

평소와 다를 바 없이 답을 해줬는데도 얼굴빛이 여전하다. 급하다는 표정이다.

"아까 부탁드렸는데 왜 결과가 아직 안 나왔나요? 이제 팀장님께 보고드려야 하는데."

"지금 너처럼 부탁하는 사람이 몇 명인지 아니? 서로다 바쁘다고 요청해 대는데 대체 누구 걸 먼저 해달라는 거야?"

어디서 많이 들어본 느낌이다. 아, 제조부서에서 우리한테 이렇게 자주 문의가 오는데 이젠 아군이라 생각한 공정 엔지니어마저 재촉을 해댄다. 제조 쪽은 우리가 정확히 무슨 일을 하는지 모르거나 하지. 같은 엔지니어 입장에서 지금 상황이 어떻게 돌아가는지 뻔히 알면서 저렇게 묻다니. 하기야 저쪽도 급하니까 이렇게 사람을 들볶을 테지만. 서로의 신경이 날카로워진 시점에서 긴장을 풀어볼 겸 농담을 건네본다.

"이런 말 하면 좀 그렇지만, 우리하고 일본 그냥 사이좋게 지내면 안 되는 걸까?"

"그러게 말이에요. 이 상황이 정말 막막하네요."

내가 꺼낸 이야기였지만, 그러고 보면 일본 기업체도 대체 무슨 생각인가 싶다. 이윤 추구가 목적인 회사가 물건을 안 팔겠다고 심술을 부리다니, 대체 무슨 속셈인 걸까?

어쨌든 우리에게 떨어진 미션은 해결해야 한다. 생각해보면 반도체 시장에는 항상 불안 요소가 잠복해 있다. 회사는 차질 없는 제품 생산을 위해 설비도, 소재도 다양한 회사의 제품을 활용한다. 서로 경쟁을 유도해서 공급 가격을 낮추는 효과도 있지만, 대량으로 공급받는 회사의 제품에서 문제가 벌어지면 다른 회사의 제품을 차질 없이 구매할 수 있도록 사전에 만반의 준비를 해두는 것이다. 다만 소재의 경우 앞서 말했듯이 그동안 일본의 기업체에서 순도 높은 제품을 단 한 번의 문제도 없이 안정적으로 보내주었기에 대안 마련에 미흡할 수밖에 없었다.

우리 부서는 비상체제로 전환되었다. 모두가 정신없었다. 각종 평가 자료들을 단기간에 만들어 내는 데 합심했다. 평가 결과가 좋지 않으면 소재가 문제인지, 설비에 문제가 있는지 원인을 파악하는 데 상당한 시간을 들였다. 회사에서 하늘에 떠있는 해를 볼 수 있는 시간은 점심을 먹으러 이동할 때뿐이었다.

두 달 후, 드디어 우리는 소재를 바꾸는 데 성공했다. 회사 입장에서는 갑작스럽게 닥친 위기가 공급처를 다변화할 수 있는 기회로 탈바꿈된 것이고, 우리에게는… 오랫동안 두고두고 썰을 풀 수 있는 멋진 경험치와 두둑한 야근 수당이 남았다. 나에게도 긍정적인 변화가 생겼다. 더 이상 스마트폰은 게임기만이 아닌, 국제 정세와 정치·경제면을 파악하게 하는 디지털 문명의 도구가 되었다.

"선배, 우리가 이겼대요!"

"뭘 이겨? 언제 축구했어?"

후배가 핸드폰을 보며 이상한 이야기를 한다. 대체 무슨 소리를 하나 싶더니….

"지금 뉴스에서 이겼다고 나와요."

"뭔데 자꾸 이겼다는거야?"

"우리가 그간 뼈 빠지게 고생했던 것들이요. 소재!"

"아!"

얼마 지나지 않아 '반도체 소재 전쟁'에서 우리가 승리를 했다는 이야기를 뉴스에서 접할 수 있었다. 내가 경험했던 그 전쟁은 참으로 길었는데, 기자는 2, 3분 되는 짧은 뉴스로 보도했다. 두 번 다시 겪고 싶지 않은 일이었지만, 그나마 '승리'라는 표현에 왠지 모르게 국가대표가 되어 일본을 이긴 선수가 된 듯 마음이 뿌듯했다. 하지만 한일 정상이 한자리에 모이게 되면 내가 꼭 전해주고 싶은 말이 있다.

"두 분 싸우지 말고 두 나라가 사이좋게 지내게 해줄 순 없을까요? 우리가 너무 힘들어서요."

자동화의 물결,
파도타기를 할 시간

제조 회사에서 가장 많이 지출하는 것은 무엇일가? 바로 설비 구매 비용이다. 설비는 기본 중의 기본이다. 설비를 구매하지 않고는 공장이 제대로 돌아가지 못한다. 생산을 늘리고자 한다면 설비를 더 구매해야 한다. 때문에 빠져나가는 돈이 너무 크다고 해서 설비를 줄이는 것은 현실적으로 어렵다.

그다음으로 비용이 많이 드는 것이 바로 인건비다. 제조 회사를 경영하고 있는 이들은 인건비에 굉장히 민감하다. 퇴사하는 사람이 생겨도, 육아휴직으로 1년 이상 공백이 벌어져도 인원을 쉽게 보충해 주지 않는 이유가 있다. 한

번 채용하면 고정적인 비용을 감수해야 하기 때문이다.

몇 년 동안 '스마트 팩토리'라는 말이 제조업 분야에서 회자되고 있다. 공장을 무인화, 자동화된 시스템으로 바꾸기 위한 노력이 한창이다. 로봇 등을 구매해서 인력을 대체하는 방식으로 진행 중이다. 예를 들자면 자동차 회사에서 어느 근로자가 자동차에 문을 결합하는 업무를 하고 있는데, 이 일을 로봇에게 맡겨 사람 대신 로봇이 더 효율적으로 일할 수 있는 생산 시스템을 구축하려는 것이다. 회사 입장에서는 원래 이 업무를 담당한 사람에게 다른 업무를 맡길 수 있고, 앞으로 인원을 채용하지 않아 인건비를 절감할 수 있는 효과가 생긴다.

반도체 분야에서는 오래전부터 자동화 시스템에 주목해 왔고, 현장에서 활용해 오고 있다. 언론에서 표현하는 '스마트 팩토리'는 20년 전에 완성되었다. 설비에 문제가 발생하지 않으면 라인 안으로 누군가가 들어가 제작 과정에 노동력을 들일 필요 없는 상태가 되었다는 걸 의미한다. 첫 번째 공정에서 작업이 완료되면 다음 공정이 진행되고, 그 과정에서도 사람이 무엇인가 조작하는 과정은 없다. 그 때문인지 요즘 산업 현장에서 첨예하게 갈등을 겪고 있는 '인원 감축'은 반도체 분야에서 전혀 이슈화되지 않는다.

자동화는 현실적으로 할 수 있을 만큼 갖춰져 있다.

20년이면 강산이 두 번이나 변하는 시간이다. 그 사이 반도체 경기는 올랐다 내렸다를 반복했고, 그때마다 마른 수건을 짜내듯 아이디어 도출과 실행, 개발을 통해 예전 인원보다 절반 가까이 근무자를 줄여도 업무에 크게 문제되지 않을 수준으로 변화되었다. 나도 이 변화를 실감한다. 과거에는 혼자서 엑셀 프로그램을 활용해야 했던 일은 각종 툴을 사용해서 부서원 전체가 한 번에 볼 수 있도록 열 수 있고, 동시에 작업도 가능하다. 기계가 문제없이 제대로 작동하고 있는지 메일을 통해 바로 확인할 수 있는 변화까지 도달했다. 혼자 하면 30분 걸릴 일들이 불과 1분 이내로 해결된다.

심지어 이러한 자동화를 특정 부서에서 전담해서 하는 것이 아니라 각 부서에서 이 일을 전담하는 인력을 뽑아 육성하고 있다. 고객(설비 엔지니어인 우리에겐 제조부서원들이다)의 요청에 맞춰 조금이라도 반복되는 업무를 자동화하는 데 집중하고 있다. 이런 식으로 자동화가 이루어지고 반복적인 단순 업무가 줄어든다면 엔지니어들도 좀 더 창의적인 업무에 투입될 수 있을 거라 기대된다.

"자동화되어 여건이 나아지는데, 나는 왜 자꾸 예전에 인원 줄어들 때가 떠오를까?"

"너도 그래? 나도 좀 그런 생각이 드는데."

비슷한 연차의 동료에게 심정을 비쳤더니 동료 또한 다를 것 없는 속내를 털어놓는다. 솔직히 자동화라는 것은 양날의 검이다. 업무 환경이 개선되는 긍정적인 역할도 하지만, 세 명이 할 일을 두 명이 할 수 있는 일로 바꿔버린다. 그간의 과정을 보아왔던 우리는 이것이 반드시 좋은 효과로만 작용하지 않으리란 사실도 알고 있다.

많은 직장인들이 다양한 이유로 퇴사를 한다. 나이가 들어서 정년퇴임을 하는 사람도 있지만 부서 업무가 맞지 않아서, 이직을 하기 위해서 퇴사를 하는 경우도 많다. 회사에 남아있는 사람 입장에서는 빠져나간 인원만큼 충원되길 바라지만, 이러한 자동화를 통해 자연스럽게 인원 감축이 진행된다.

"자동화되면 나중에 또 인원 줄어드는 거 아니야?"

"어차피 인원 줄일 거면 자동화나 제대로 해줬으면 좋겠다."

인원이 조금씩 줄어드는 건 이제 누구나 다 알고 있는 사실이고, 지금처럼 자동화 기술이 점차 발전하고 있는 상황에서 현재 업무만 유지할 수 있다면 인력이 다소 아쉽긴 해도 솔직히 무리는 없을 것 같다. 하지만 불안감은 감출 수 없다. 회사가 최적화, 효율화를 모색하는 건 이해할 수 있지만, 다섯 명이 하던 업무를 네 명이 하고, 이제 네 명이 하던 업무를 두세 명이 하고 있다. 행여나 기계에 문제가 생길 경우 벌어질 막대한 여파, 그리고 소수의 인원이 짊어지는 업무의 부담감은 나날이 마음속에 쌓여간다.

자동화는 21세기 직장인들에게 과연 편안함과 행복을 가져다줄까, 아니면 무기력함과 불행을 안겨줄까? 산업혁명이 벌어지고 기계에게 일자리를 빼앗긴 노동자들은 기계를 때려 부숴서라도 자리 자리를 되찾으려 했다. 자동화는 대세가 되어가고 있는 상황에서 기술의 진화에 감탄하고 있지만, 한편으로 나는 산업혁명을 처음으로 경험하고 일자리를 빼앗긴 노동자들의 심정을 절로 떠올리게 된다. 이 편안하면서 불안한 자동화라는 물결을 내가 어떻게 타고 나가야 할지 막막하다. 예전과 별다를 것 없이 출근해서 하루하루 주어진 업무에 매진하고 있지만, 내 의지와 상관없이 어느 순간 그 물결에 휩쓸려 도태되어 버리는 건 아닌지 걱정이 된다. 나는 이렇게 소용돌이치고 있는 회사 안에서 능숙하게 파도타기를 할 수 있을까?

2장

기계에도, 사람에게도
'인간적인 접근'이
필요해

'천직' 찾기

쭈뼛거리는 행동, 어색한 몸짓, 긴장되어 잔뜩 굳은 얼굴… 누가 봐도 딱 신입사원이다.

"원래 반도체 회사로 오고 싶어서 왔어요?"

부서에 신입사원이 들어오면 항상 먼저 시작되는 스몰토크의 첫 질문이다.

"네? 아, 그게요…."

사실 예상되는 질문일 텐데도 열에 아홉은 이렇듯 말을 흐린다. 아주 가끔은 "실은 다른 곳에 지원하려고 했는데, 이곳 모집인원이 많고, 주변에서 연봉이 세다고 해서 지원하게 됐습니다" 하고 솔직히 말하는 이들도 있긴 하다.

나도 이들과 다를 바 없다. 나 역시 지원할 때 대략 어떤 일을 하는지 정도만 알았을 뿐, 내부 사정에 대해서는 아무것도 모른 채 입사했다. 반도체 산업 분야는 아마 다른 산업에 비해 상대적으로 알 수 있는 정보가 없거니와, 반도체 자체가 낯설고 내용도 어렵고 딱딱하기 때문일 것이다. Capacitor(축전기/전기를 모아주는 소자)가 어떻고, 터널 효과(고전적으로 통과할 수 없는 물체를 통과하는 현상)가 어쩌고… 잠자리에서 일어난 아침에 전문서적을 봐도 아마 곧 졸음이 몰려들 것이다.

반도체는 구체적인 이미지를 떠올리기가 어렵고, 언론 매체에서 보도하는 내용에는 어려운 용어가 빼곡하다. 그래도 최근에는 Nand Flash(현재 많이 사용되는 메모리 저장장치), DDR5(Double Data Rate의 약자로서 DRAM의 주력 방식으로 일반적인 Ram보다 두 배 빠른 방식) 등 그나마 이제는 몇몇은 알 법한 용어들도 있긴 하지만 어떤 일을 하는지 확실히 알 수는 없다. 게다가 반도체 산업의 특성상 기술 경쟁에 민감해서 공개하지 않는 것들이 워낙 많아서 학교에서 배우는 내용도 극히 일부에 불과하다.

당연하게도 '금전의 유혹'에 끌려서 입사하는 이들이 많다. 다른 산업에 비해 성장세가 눈부셨고, 올해 보너스가 얼마다 등 이야기가 부풀려져 엄청난 연봉을 받는 것으로 착각하는 이들도 있었다. 물론 다른 산업 분야에서 일하고 있는 직장인들에 비해 연봉이 적은 것은 아니지만, 직장에서 동료와 선후배가 3교대로 근무하며 고생하고 있는 모습을 보면 짠한 마음이 든다. 다른 분야와 달리 우리는 말 그대로 '24시간' 교대 근무를 하고 있다.

내가 대학을 다니며 취직을 준비하던 시절에는 취업자 사이에서 금융권이 엄청난 인기를 누렸다. 높은 연봉과 저녁 시간이 보장된 워라밸, 사회적 평판 등을 고려해 봤을 때 최고의 직장이었다. 나도 그 분위기에 휩쓸려 지원을 했다. 하지만 명성 자자한 대학 출신도 아니고, 경영학을 전공하지도 않았고, 학점이나 토익 점수가 다른 지원자에 비해 월등히 높지 않았던 나는 스펙이라는 경쟁에서 한참 밀릴 수밖에 없었다. 그럼에도 미련을 버리지 못했다. 대기업 금융사에서 인턴십을 한 경험이 있어 '혹시나' 싶은 마음이 쉽게 정리되지 않았다.

시간이 점점 흐를수록 불안해졌다. 이러다가 백수가 될 수도 있다는 자각을 하게 되었다. 다급한 취준생의 눈에 띈 것은 반도체 산업 분야의 구인 공고였다. '여기 지원해 볼까?' 아니, 당시 심정을 솔직히 표현하자면 '여기라도 지원해 볼까?'였다. 공대생은 취업이 잘된다고 하지만 경쟁률이 2:1이라고 해도 합격은 절반만 가능한 것이 아닌가. 나는 인턴십을 했던 금융권에 계속 취직을 매진해야 할지, 만약을 대비해서 취직할 수 있는 확률이 높은 안정적인 회사에도 지원해야 할지 고민하고 있었다.

하지만 고민은 너무나 간결하게 정리되었다. 그토록 열심히 준비해서 지원했던 금융권에서는 어디에서도 면접을 보자거나 합격을 축하한다는 소식이 없었고, 별다른 기대 없이 지원한 회사에서만 면접을 보자고 연락이 온 것이다.

당시 공대생 사이에서는 모바일을 만드는 대기업 부서가 유망하다는 이야기가 돌았다. 그때만 해도, 스마트폰이 탄생하기 이전, 즉 핸드폰에서 인터넷 버튼을 클릭하면 5초 뒤에 반응하던 시절이었다. 미국 '애플'의 '아이폰'이라는 고래가 등장하고, '노키아'가 저물고 있었다. 국내에서는 뒤바뀌는 통신 시장에 발 빠르게 대처해 스마트폰으로 전환해서 높은 수익률을 올리고 있었다. 그에 반해 내가 지원한 반도체 사업부는 경쟁사들이 시장에서 첨예하게 대결하고 있었다. 이 '치킨게임'에서 과연 어느 회사가 살아남을지 모르는 상황이라, 나와 같은 구직자들에게는 그리 매력적으로 보이지 않았을 것이다.

모바일 분야에는 난다 긴다 하는 사람들이 몰려들고 있었고, 반도체 분야는 사업을 정리할지도 모른다는 이야기가 돌 정도로 어수선했다. 나는 차라리 이 상황이 기회라고 생각했다. 솔직히 모바일 분야에 관심이 있는 것도 아니었고, 금융권에 취직할 수 없다면 확실히 취직할 수 있는 일자리가 나을 거라 생각했다.

하지만 그 또한 착각이란 걸 깨닫는 데는 오랜 시간이 걸리지 않았다. 면접도 심층적으로 진행이 되는데, 응시자는 미리 문제를 받고 '기술 면접' 시간에 풀이하는 과정을 보여줘야 한다. 전공과목에 자신이 없었던 나는 문제에 대해 확실히 이해하지 못한 채 면접장을 찾게 되었다. 문제를 이해하고 풀기에는 시간이 너무 부족했다.

'그래, 이렇게 망하는 경험도 경험이니 일단 들어가서 이야기나 해보자.'

나는 자리에 앉아 이름을 밝히고, 문제를 아직 제대로 파악하지 못했다고 고백했다. 방금 전까지 건조한 눈빛으로 나를 바라보고 있던 면접관들의 눈이 휘둥그레졌다. 나름 신선한 충격을 준 걸까? 나는 될 대로 되라는 마음으로 말을 이어갔다.

"다음 주에 제가 여기 다시 와서 설명드리면 안 될까요? 저 3일만 공부하면 정말 제대로 설명할 수 있는데요. 다시 꼭 불러 주십시오."

"네… 네??"

나보다 먼저 면접을 봤던 응시자들은 보통 10~15분 정도 시간이 걸렸는데, 나는 채 3분도 안 되어 면접을 마쳤다. 면접관들의 속마음은 어땠을지 모르겠지만, 당시 나는 차라리 후련했다. 이제 여긴 깨끗이 잊고 다른 회사 취직을 준비해야겠다고 생각했다.

그런데 무슨 일이 벌어진 걸까? 불가능할 것 같았던, 불가능할 수밖에 없었던 반도체 회사의 취직 도전기는 '새드 엔딩'이 아닌 '해피 엔딩'이 되었다. 합격 소식에 가장 기뻐했던 사람은 당사자인 내가 아니라 부모님과 여자친구(현재 아내)였다. 대학을 졸업하고 처음으로 사람 구실을 한다는 이야기를 들을 수 있었다. 사실 그 후로도 2년 정도 금융권에 대한 미련을 버리지 못했다.

당연한 말이지만, 나와 같은 방식으로 입사하는 후배 사원은 본 적이 없다. 후배들에게 내가 입사한 과정을 이야기하면 모두 웃음을 참지 못한다. 이 에피소드는 아마 나를 두고 우리 부서에서 오랫동안 회자될 모양이다. 하지만

이 이야기 덕에 후배들과 나는 사무적인 이야기에서 좀 더 나아가 인간적인 이야기를 주고받는다. 기계와 설비가 아닌, 우리 자신의 생각과 감정을 나눠본다.

아직 연차가 되지 않은 후배들은 예전의 내가 그랬듯이 고민이 많다. 교대 근무로 점철되는 이 일상을 이어나갈 엄두가 나지 않기도 하고, 설비 엔지니어로서의 업무를 과연 자신이 현실 속에서 만족하며 계속해 나갈 수 있을지 망설여질 것이다.

"정말 하고 싶은 게 있으면 지금부터라도 준비해 봐. 1년 안에 다시 출발한다는 마음으로. 근데 그런 마음이 안 든다면 어려울 거야."

"오, 선배님은 지금까지 이 일에 만족도가 높으신가 봐요?"

회사를 다니고 있다고 해서 만족하고 있다고 착각하는 후배들이 제법 있다. 직장생활은 '모 아니면 도'가 아니다. 대개가 개, 걸이고, 어쩌다 윷이 나오는 게 우리의 일상이다.

반도체 회사에는 무슨 일을 하는지, 작업 방식은 어떠한지 전혀 모르는 채 입사하는 사람들이 태반이지만, 애초에 이 모든 사실을 알고 회사에 들어왔다고 해서 이직을 하거나 새로운 삶을 모색하는 사람은 과연 얼마나 될까? 이 회사 아니면 안 되겠다는 굳은 결심으로 오랫동안 준비해서 입사했다가 얼마 지나지 않아 퇴사하는 사람들의 이야기도 주변에서 심심찮게 듣게 되고, 입사 전부터 무슨 일을 해야 하는지 익히 알고 있는 분야에서 종사하다가 다른 분야로 이직을 한 직장인의 이야기도 흔하다. 결국 직장생활은 어느 분야, 어느 곳이든 결이 비슷한 것 같다.

실제로 이직을 꿈꾸거나 새로운 생활을 바라며 퇴직하는 사람이 2~3년에 한 명 나타나긴 한다. 그런 동료가 등장하면, 진심으로 앞날을 빌어주고 싶다. 그때마다 나 자신은 직장생활을 잘하고 있는지 되돌아보곤 한다. 기계에 치이고, 사람에 치이고, 시간에 치인 순간들이 머릿속에 정신없이 휙휙 돌아가지만, 아직까지 생각의 도착지점은 한결같다. 이 일은 천직이다.

게이트 너머 게이트 너머
게이트의 세계

새삼스레 대기업을 다니고 있다는 사실을 느낄 때가 있다. 그중 하나는 출근하면서 수많은 사람들과 함께 회사 입구의 게이트에서 사원증을 대는 순간이다. 지하철 개찰구가 아닐까 싶을 만큼 "삑", "삑" 하고 쉴 새 없이 기계음이 들린다. 새벽에 모닝콜이 나를 깨워준다면, 이 소리는 내가 일하러 회사에 들어간다는 사실을 소리로 알려주는 '출근콜'이라고 할까?

무수히 회사로 들어가는 인원수만큼 끊임없이 이어지는 기계음에서 나는 간혹 화음이 들리는 것 같은 이명을 느끼기도 한다. "삑(출근)", "삑(해서)", "삑(반갑)"… 이런 느껌이랄까?

처음 출근하던 날, 회사라는 공간에서 시각적으로 경험한 놀라운 순간들이 있는데 그중 인상적인 건 많은 '게이트'들이었다. 출근 셔틀버스 정류장에서 내려서 회사로 들어가는 입구에서 게이트를 만나는 건 그닥 놀라운 일은 아니었다. 하지만 다른 건물은 물론 사무 공간에 들어갈 때마다 게이트를 지나가야 했다. 즉 회사에서 발급받은 카드형 사원증을 카드체킹 기계에 대어야만 출입이 가능했다.

여느 기업과 달리 반도체 회사의 게이트는 보안에 철저한 특성이 반영된 상징물과도 같았다. 때문에 우리는 어디를 가든 사원증을 지니고 있어야 했다. 하다못해 화장실을 가더라도 사원증 먼저 챙겨야 했다.

낮에 근무할 때는 게이트를 오고가는 사람들이 많아서 내가 깜빡 잊고 사원증을 자리에 놓고 게이트를 빠져나왔다고 하더라도 건물 안으로 들어가는 앞 사람을 따라가면 된다(회사 규정상 이는 보안 위반인데, 관리자 입장에서는 매번 체크하기 어렵기도 하고, 누구나 한 번쯤 사원증을 깜빡한 경험을 해본 직원들끼리 처지를 이해하고 같이 출입한다).

그런데 밤에 일할 때는 사정이 다르다. 근무 초반에는 그래도 사람이 가끔 오고가는데 새벽 3~4시가 되면 사무실에서 드나드는 사람이 정말 손에 꼽을 정도로 없다. 하필이면 그 시간 복통이 찾아왔다. 급하게 화장실을 갔는데, 항상 목에 걸고 다니던 사원증이 보이지 않았다. 그제야 번쩍, 몇 시간 전 목에서 풀어 책상 위에 놓아둔 기억이 났다.

"전화 좀 받아라, 제발!"

다행스럽게도 챙겨온 핸드폰으로 함께 근무하는 후배에게 연락을 했지만, 무슨 일인지 통화가 되지 않았다. 아마 라인에서 일을 하고 있었던 모양이다. 사무실에도 전화를 걸었지만 받는 이가 아무도 없었다. 혹시나 게이트로 출입하는 사람이 없는지 기대하고 앞에서 기다려 봤지만, 30분을 기다려도 아무도 나타나지 않았다. 나는 거의 한 시간을 기다리고 나서야 사무실로 들어갈 수 있었다. 여덟 시간의 근무 시간 중 사원증을 챙기지 못해 한 시간 가까이 사무실 밖을 서성거리고 말았다.(요즘은 모바일에 사원증을 저장할 수 있어, 그나마 이런 곤란한 상황을 겪지 않게 되어 다행이다.)

보안이 엄격하다 보니 회사 안팎으로 휴대하고 들어오거나 나갈 수 없는 물건들도 굉장히 많다. 회사 내 물품은 물론이고, 문서도 반출되어서는 안 된다. 근무 시간 외에도 퇴근할 때 일거리를 싸들고 집으로 향하는 직장인이 있다고 하지만, 우리는 집에서 일하고 싶어도 일할 수 없는 쾌적한 여건을 갖췄다고 할 수 있다. 매일 출퇴근하면서 우리는 일하는 영역에서만큼은 '공수래공수거'를 실천하고 있는 셈이다.

신입사원이 출근하면 가장 먼저 이 점을 주지시킨다. 하지만 그 시절 나도 그랬고, 모두가 그랬듯 신입사원의 실수는 끊임없이 이어진다. 퇴근한다고 인사까지 주고받은 신입사원에게서 채 몇 분도 되지 않아 연락이 오면, 눈으로 보지 않아도 어떤 상황이 벌어졌는지 훤하다.

"선배님, 저 여기 정문 게이트인데요…."

"혹시 보안 문제가 생겼니?"

'게이트'라는 단어만으로도 상황이 파악된다.

"아, 그게… 제가 사무실에서 뭘 적은 종이를 나중에 버리려고 주머니에 놔뒀는데, 깜빡 잊고 그냥 나와 버렸어요."

후배의 목소리에서 당황한 기색이 역력하다.

"하아, 그거 아무것도 아니라 하고, 담당자한테 좀 봐달라고 해도 안 된다니?"

사실 이런 말이 통할 리 없다는 건 알고 있지만, 갑갑한 마음에 나도 모르게 내뱉는다.

"네, 규정 위반이라고 안 된다고 하네요."

"무릎이라도… 아니, 됐다. 내가 가마…."

가끔은 규정이 너무 빡빡한 것 같아 속이 꽉 막힌 것처럼 답답하다.

보안이 엄격할 수밖에 없는 이유는 누구나 알고 있다. 우리 회사의 자료는 대부분이 대외비이고, 다른 업체에 이 자료가 흘러들어 가게 되면 우리 입장에서는 커다란 타격을 입게 된다. 절대적인 명제가 확실하고, 누구도 이 사실에 반론을 할 수 없다. 하지만 신입사원 시절에는 철저한 보안 의식을 몸에 장착하기가 쉽지 않다.

나도 아주 종종 보안 심사에 걸린다. 여느 때와 다를 바 없이 무거운 몸을 이끌고 월요일에 출근했는데 내 가방 안에 USB가 들어있는 걸 회사에 와서 알게 됐다. 아마 주말에 집에서 사용했다가 별생각 없이 가방에 넣어둔 것 같다. 이유 여하를 막론하고 일단 보안 심사에 적발되면 규정 위반에 따른 사유서를 작성해야 한다. 사유서를 작성하는 일이 한 번이라도 생기면 부서가 난리가 나기 때문에 부서장뿐 아니라 부서원 모두 서로 신경을 쓰고 있다(보안 담당 부서에서도 고의가 아닌 실수가 명백한 상황에서는 한 번 정도 양해해 주기도 한다). 매일 퇴근 전에 혹시 보안 심사에 걸릴 소지품이 있는지 확인해 달라고 요청도 하고, 메일도 주기적으로 보내고, 가끔은 게이트 앞에서 피켓을 들고 홍보까지 한다. 그럼에도 꼭 사건이 벌어진다.

가장 큰 피해자는 규칙을 위반한 당사자이다. 하지만 그에 못지않게 팀장도 불이익을 받는다. 솔직히 팀장 입장에서는 억울할 만도 하다. 1,000명을 넘는 팀원의 소지품을 일일이 확인할 수도 없는 노릇 아닌가. 그럼에도 보안 위반으로 걸릴 때마다 회사는 사안을 심각하게 여기고 자초지종을 따진다. 임원의 위상이 흔들리게 된다. 때문에 정기적으로 보안에 유의하자고 끊임없이 주지시키는 듯하다.

하지만 이 보안 규정 때문에 속이 뒤집어질 때가 있다. 회사 안에서는 당연하지만 핸드폰으로 사진이든 동영상이든 일체의 모든 촬영이 금지되어 있다. 회사에 출입하면 자동으로 카메라를 막을 수 있는 시스템(MDM, 'Mobile Device Management'의 약자. 모바일 단말기 원격 통제 시스템을 의미)이 작동된다. 하지만 회사에서 만든 스마트폰을 제외한 다른 회사 제품에는 작동되지 않아 항상 보안 스티커를 붙이고 다녀야 한다. 문제는 이 스티커가 나도 모르는 사이 떨어진다는 점이다. 이 또한 보안 규정을 위반하는 것인데, 당하는 입장에서는 너무도 억울하다.

"이거 너무 불편하다. 매번 스티커 뗐다 붙이는 거 진짜 짜증 나."

"회사에서 회사 제품을 사용하게 하기 위한 계략이 아닐까?"

괜한 하소연에 동료는 음모론까지 들고 나온다.

이렇듯 불편, 불만을 토로하지만 우리 모두는 잘 알고 있다. 별것 아닌 것 같은 서류 한 장이 유출됐다가 어떤 파국에 직면할지 아무도 모른다. 커다란 둑을 무너트리는 건 손톱만 한 작은 균열에서부터 시작된다. 누군가의 사소한 실수가 회사 전체에 피해를 끼칠 수 있다. 나는 잠들기 전에 가방을 슬며시 들춰본다. 혹시 우리 아이들이 아빠 몰래 이곳에 뭔가를 집어넣었을 수도 있으니 말이다. 한 번도 그런 일은 겪어보지 못했지만, 억울하면서도 따질 수도 없는 묘한 상황이 벌어질지도 모르니까.

두근두근
첫 라인 탐험기

외향적이든 내향적이든 여행을 좋아하는 사람들이 많다. 이곳저곳 찾아다닐 마음은 없고 호텔 등 숙소에만 머무르려는 사람도 일단은 낯선 곳을 찾으려 한다. 코로나 바이러스 사태가 종식되고 나서 여행사 매출이 급속하게 상승했다는 뉴스를 보면 우리나라 사람들은 정말 여행을 즐기는 것 같다. 반도체 회사에 입사하고, 처음으로 FAB이라는 곳, 즉 '라인'을 향하는 나는 마치 새로운 곳으로 여행을 떠나는 기분이었다. 흥미진진하고 기대되면서도, 낯선 곳에 대한 막연한 걱정이 마음속에 뒤섞였다.

"자, 라인 가자."

"예!"

선배의 말투가 사무적이었지만 나는 긴장한 목소리로 대답했다. 라인으로 가는 그 짧은 순간 나는 티브이 뉴스에서 봤던 한 장면을 떠올렸다. 온몸에 하얀색 옷과 모자를 쓴 사람들이 겨우 시야가 뚫린 틈으로 동그란 웨이퍼를 살펴보고 있는 모습. 나도 이제 뉴스에 등장하는 반도체 전문가 중 한 사람이 되는 것인가.

"뭐 해? 안 따라오고."

주변을 두리번거리고 보니 사람이 북적북적하다.

"와, 사람들이 이렇게나 많아요?"

아침 출근길에 보았던 거대한 인파가 이곳 한자리에 모여든 느낌이다.

"그럼, 지금 사무실에 없는 사람들 중 절반 정도가 여길 들어오니까 당연히 많지."

사무실에만 해도 족히 수백 명은 되어 보이는데, 그 인원이 SMOCK(라인에 입실하기 전에 방진복으로 옷을 갈아입는 곳)이라는 곳에 있다. 목욕탕에서 옷을 벗듯 모두 여기서 상하의를 벗는다. 그런 다음 에어샤워 장치가 구비되어 있는 부스로 들어간다. 방진복을 입기 전에 몸 주변에 붙어있을지도 모르는 오염원을 바람으로 날린다. 보통 세

명까지 한 공간에 일렬로 서서 입장한다. 친분이 있는 선후배와 들어가기도 하고 때론 낯선 동료와 함께 있기도 한다. 짧게는 15초, 길게는 1분까지 바람을 맞는데 나는 이 시간이 왠지 민망하다. 서로 마주 볼 일은 없지만 굉장히 어색한 침묵이 흐른다.

샤워를 마치고 한 블록 안으로 들어가자 그제야 뉴스에서 봤던 온몸이 새하얀 '반도체인'이 나타났다. 내가 신기한 눈빛을 쏟아내는 걸 아는지 모르는지 다들 무표정하게 복장을 착용하고 있다. 먼저 방진 마스크를 쓰고, 그다음에는 방진모와 방진복 그리고 마지막으로는 방진화를 신는다. 드디어 일터에 갈 준비를 마쳤다.

코로나 바이러스 사태 초기, 마스크 착용이 의무화되면서 여러 말들이 있었다. 개중에는 방어막이 촘촘한 마스크를 쓰고 생활하자니 숨 쉬기가 힘들다는 이들도 있었는데, 반도체 분야에서 일하는 사람들 중 그런 사람은 아마 없었을 것이다. 우리는 이미 입사와 함께 적어도 일하는 시간 동안은 마스크와 함께한다. 호흡하기 어려운 일을 충분히 경험했고, 마스크 한 장으로 사람의 이미지가 얼마나 달라지는지도 익히 알고 있었다. 마기꾼(마스크를 쓰면 잘생기거나 예뻐 보이는 사기꾼)이나 마해자(마스크를 써서 외모에 피해를 보는 사람)는 코로나 바이러스가 종식된 지금도 반도체 회사에서 여전히 활보하고 있다.

드디어 라인에 첫 발걸음을 내딛으려는데, 좀 전 SMOCK에서 봤던 그 많았던 사람들이 온데간데없고 몇몇 사람만이 시야에 비친다. 앞을 봐도, 옆을 봐도 도대체 끝이 보이지 않는 길이 길게 펼쳐져 있고, 머리 위에서는 먹이를 찾는 독수리마냥 OHT('Overhead Hoist Transport'의 약자. 반도체 웨이퍼를 담는 FOUP〔Front Opening Unified Pod/Wafer를 담는 그릇〕을 이동시키는 역할을 함)는 빠르게 이동하고 있다. 빼곡하게 쌓여있는 설비들 속에서 끊임없이 일정하게 움직이는 소리, 나를 살려달라고 외치는 듯한 알람 소리들이 정신없이 귓속을 파고들었다. 마치 기계에 지배당한 세상에 타임머신을 타고 나타난 인간이 겪는 혼란함이랄까? 디스토피아를 다룬 SF 영화의 한 장면에 내가 들어온 기분이었다.

'과연 이런 곳에서 내가 무슨 일을 하는 거지?'

선배를 따라서 라인 내부로 이동했다. 바닥 한쪽에 위치를 표시하는 숫자가 적혀있었는데 뒤쪽으로 갈수록 숫자가 점점 늘어났다. 내가 담당할 공정의 설비를 찾아가서 확인하고 선배의 설명을 듣고 다음 설비 쪽으로 이동했다. 마지막 설비에 다다르자 어느새 한 시간이 훌쩍 지나있었다. 잠깐 이동해서 짧게 설명을 듣고 자리를 옮기기만 했을 뿐인데, 한 시간이 지났다니. 선배의 말로는 가장 멀리 떨어져 있는 설비에서 반대쪽 설비까지 걸어가는 데만도 20분이 넘게 걸린다고 한다.

'이 거리를 매일 이렇게 걸어가야 한다고?'

어안이 벙벙할 틈도 없이 선배가 숙제를 하나 더 얹어 준다.

"3일 줄게. 설비 위치, 설비 이름, 설비 모델 다 외워."

"그게 가능한가요?"

한 시간 동안 본 설비가 몇 대인데 아무렇지도 않게 말하는 선배가 놀라웠다.

"지금까지 못 외운 사람 없어."

갑자기 선배들이 존경스러워진다. 실패한 사람이 없다니?

사실 평소에 외우는 건 잘했으니 나도 열심히 하면 문제가 없을 거라 생각했다. 내심 하루 안에 완벽하게 숙지해서 선배들에게 강렬한 인상을 남기고 싶었다. 하지만 설비가 어디 있는지 그 위치가 좀처럼 파악되지 않았다. 결국은 다시 첫 번째 설비로 돌아가서 순서대로 차근차근 찾아간다.

'그래도 다리 운동은 확실히 하겠네.'

라인을 구석구석 돌아다니니 처음에 들었던 의문점이 쉽게 해결되었다. '공장'이라고 하면, 컨베이어 벨트가 움직이고 그 주변에서 사람이 부품을 조립하는 모습을 대체로 떠올리게 된다. 반도체 회사의 공장은 그 모습과 너무도 달랐다. 반도체 FAB 안에서는 사람이 직접 손으로 조작해서 물건을 만들어 내지 않았다. 다른 회사와 달리 자동화가 많이 이루어져 설비 엔지니어들은 문제가 벌어지지 않도록 설비 사이를 오가며 점검하고 확인한다. FAB 내부에 들어오기 전에 보았던 그 수많은 엔지니어들은 설비 사이에서 숨바꼭질을 하고 있었다.

라인을 열 번쯤 오가고 나니 설비 위치를 모두 외울 수 있었다. 마치 어릴 적 스케이팅이나 스키를 배울 때의 느낌이랄까?

처음 입사하면서 겪은 생경한 FAB의 모습도 하루, 이틀 시간이 지나니 SF 영화의 한 장면은커녕 내 눈에는 어제나 오늘이나 다를 바 없는 직장이 되었다. 어쩌다 우연찮게 지인들에게 회사에서 일하는 이야기를 설명하다 보면 듣는 이가 "와" 하고 놀라는 모습을 보며 첫 출근하며 머릿속에 각인되었던 장면들을 남몰래 떠올리곤 한다. 나에게도 그런 시절이 있었는데, 이젠 별다른 감흥이 느껴지지 않는다. 그만큼 매너리즘에 빠져있는 중간관리자가 되었나 싶기도 하고, 15년이 지난 지금 없어진 설비 위치를 기억할 만큼 이 회사의 '고인물'이 되었나 싶기도 하다. 하지만 첫 출근 때 남은 강렬한 인상은 그 당시 기대와 긴장을 품고 하루라도 빨리 1인분 이상의 역할을 하려고 마음먹은 내 모습을 떠올리게 하며 잠시나마 활기를 되찾게 한다.

'짬바(짬에서 오는 바이브)'는
위대해

대부분 직종에서는 갓 입사한 사원에게는 어려운 업무를 맡기지 않는다. 업무를 파악하고 사내 분위기를 익히라는 차원에서 간단한 일을 시키기 마련이다. 갓 입사했던 시절, 나 역시 며칠 정도는 그런 일을 맡지 않을까 짐작했다. 하지만 그건 큰 오산이었다.

일단 나는 선배들이 나누는 이야기 자체를 이해할 수 없었다. 한국말인지 외국말인지 모를 정도로 생소한 단어들이 따발총처럼 귓바퀴에서 꽂혔다. 설상가상으로 업무 특성상 미팅은 라인 내에서 했는데, 주변 설비가 작동하는 소음 때문에 도무지 알아들을 수가 없었다. 마이크를 켜고 미팅을 해도 마찬가지였다. 미치고 환장할 노릇이었다.

어린 시절 영어 단어 암기하듯 매일 모르는 단어를 공책에 적었고, 그 뜻을 알기 위해 동분서주했다. 열심히 일하고 성실하게 살려는 마음이 아니라 무슨 소리를 하는지 알수가 없으니 이곳에서 내가 무슨 일을 해야 하는지 파악조차 할 수 없었기 때문이다. 솔직히 말하면 나는 고졸 출신 선배들이 대다수인 우리 부서에서 대졸 출신으로서 뭔가 다른 점을 보여줘야 한다는 묘한 강박증을 가지고 있었다. '후배'였지만 직급은 그들보다 높았기에 왠지 빨리 적응하고 남다른 능력을 보여줘야 한다는 조급증도 한몫하고 있었다. 어쩌면 나만 모르고 있을 뿐, 그런 내 모습은 겉으로 드러나 있었을지도 모르겠다. 하지만 나 대신 공대 교수님을 이곳에 갖다놔도 무슨 일을 해야 하는지 모를 것이 확실했다. 학점을 챙기며 학사 학위까지 받았건만, 학교의 강의실과 실제 산업현장의 거리는 너무도 컸다. 그간 학교에서 배운 것들이 다 무용지물처럼 여겨지고 나란 인간이 우리나라 대학 교육의 허상을 증명하는 존재가 된 것 같은 느낌이었다.

"ER('Etch Rate'의 약자. 웨이퍼에서 제일 상부에 있는 막질을 깎아내는 수치를 의미함. 이 값으로 설비의 정상 여부를 판단함)이 잘 안 잡히네. 뭘로 조정하면 돼?"

설비를 점검하던 선배가 나에게 물었다.

"온도 조정해서 하려다가 Chemical 공급량을 살짝 건드려 봤더니 잘되던데요."

"야, 그걸 건드리면 어떡해! 무조건 온도로 조정하는 게 원칙인데!"

황당해하는 그에게 내가 막힘없이 대답했다.

"전에 인폼('information'에서 비롯된 표현으로, 업무를 교대하는 담당자가 지금까지의 작업 현황을 파악할 수 있도록 기록해 놓은 보고서) 남긴 거 보니까 공급량은 센서를 조금만 더 조정하면 되더라고요. 이게 편해요."

낯선 단어들에 차츰 익숙해지고 어깨너머로 선배들의 기술을 숙지하고부터 나는 방법을 조금 변형해서 시도해 보기도 했다. 고정관념처럼 느껴지던 것들을 살짝 바꿔 시도해 봤다. 그럴 때마다 반대에 부딪히기도 했지만, 경험할수록 나름 노하우를 쌓아 다양한 방법이 있다는 사실을 알게 됐다. 물론 원칙주의를 고수하는 선배를 만나게 되면 지적을 받기도 했다. 나중에 알게 된 사실인데, 이 분야에서 1~2년차가 가장 위험한 시기라고들 한단다. 굳이 선배의 조언 없이도 모든 업무를 담당할 수 있는 자신감이 넘치기 때문에 그만큼 실수도 잦다고 한다. 거기에 나는 대졸자로서 뭔가 탁월한 능력을 보여주겠다는 다짐까지 차있었으니, 어쩌면 내가 겪어야 할 실수는 운명처럼 정해져 있었는지도 모른다.

이 시기를 돌아보면 나는 다른 동료들보다 더 날뛰어 다녔다. 의욕이 흘러넘치던 그 시절을 떠올려 보면 지금도 옅은 미소가 그려지기도 하지만, 오만함과 자만 또한 그에 못지않은 때라 창피하고 오글거리기도 한다. 내가 리더로 있던 교대 근무 시간의 일이었다. 신입 때를 갓 벗고 후배와 함께 라인을 돌고 있었다.

"선배, 이 작업 시작하면 진짜 우리 언제 퇴근하는지 모르는 거 아니에요?"

후배가 초조한 목소리를 감추지 못하고 나에게 물었다.

"야, 그래도 한번 해보고 싶지 않냐?"

허풍 섞인 농담을 건네자 후배 얼굴빛이 더 어두워진다.

"네? 전 굳이…."

"걱정 마. 내가 딱 퇴근 시간에 맞춰서 할 수 있는 비장의 방법을 알고 있으니까."

물론 허풍이다. 말만 그럴 뿐, 다른 사람보다 빠른 손놀림과 판단으로 시간을 단축시키려고 노력하는 것이다. 중간 과정과 검증 결과를 생략하면 두 시간 정도 걸리는 업무는 한 시간 이내로 줄일 수 있다. 그럴 권한이 나에게 없지만 그동안 여러 차례 똑같은 작업을 해본 바로는 검증 결과를 확인하지 않아도 통과해 왔다. 이번에도 똑같은 거라 생각하고 나름 빠르게 과정을 진행해서 퇴근 시간에 맞췄다.

퇴근 시간도 딱 맞추고, 설비도 살아나니 얼마나 좋은가? 그런 안일한 착각에 빠져 사무실을 빠져나와 주차장으로 가고 있는데, 주머니 속에서 자동차 키가 손에 잡히지 않는다. 사무실에서 챙겨 나오지 않은 모양이다. 모처럼 칼퇴근인데 기분 좋다가 말았네 하는 생각으로 발길을 돌리려는 순간 때마침 근무를 교대한 선배에게서 전화가 왔다.

"제가 차 키 놓고 온 걸 어떻게 알고…."

다급한 목소리가 내 말을 끊었다.

"야, 너 인폼 했던 거, 공정 근무자한테 전달했어?"

"…아뇨, 검증하진 않았지만 매번 잘 살아났잖아요."

나도 모르게 목소리가 떨렸다.

"아오, 후속으로 진행된 것들 다 오염되었다고 나온다. 어쩌려고 그랬냐!"

"하아…. 금방 갈게요. 잠시만요."

어차피 사무실로 다시 갈 운명이었나 보다. 나긋한 발걸음 대신 스프린터 같은 전력달리기가 되어버렸지만. 마치 출근한 것마냥 나는 다시 라인으로 들어가 빠트렸던 작업 과정을 다시 밟아나갔고 '정상'이라는 데이터 결과가 나올 때까지 노심초사 기다리다가 무려 다섯 시간 뒤에나 퇴근할 수 있었다. 다음 날, "미친놈"이라는 욕까지 듣고 일주일 내내 보고서를 작성해야 했다.

평범하고 당연한 일상적인 업무에서 이렇듯 커다란 실수를 저지른다. 설비 엔지니어의 업무인 '보수 및 유지'는 어찌 보면 답답하고 고지식한 일들이 기본이다. 이 변함없고 한결같은 상황을 만들기 위해 2중, 3중으로 방어막을 쳐놓는데, 나 같은 안일한 태도 때문에 그 방어막이 완전히 부서지는 경우가 많다. 설비 엔지니어로 입사하는 사람 중 누구나 한두 번은 이런 사고를 낸다. 반복되는 업무에서 '괜찮겠지', '저번에도 그랬는데, 이 정도쯤이야' 하고 넘어가는 순간, 사고는 벌어진다.

항상 별문제 없이 마음을 열어줄 듯하다가도 홱 토라져버리는 성질머리 고약한 설비와의 싸움은 매일 반복된다.

최첨단 기술을 통해 만들어진 이 설비들이 왜 이토록 자주 고장이 나서 사람 속을 바짝 타게 하고 못살게 구는 걸까 나도 모르게 한탄이 나올 때도 있다. 선배들을 졸졸 따라다니던 시절, 설비에서 문제가 발생한 신호를 확인하고 아무 말 없이 한숨을 깊게 내쉬면서 툴박스를 들고 가는 선배를 보면서 어쩌면 저 모습이 몇 달 혹은 몇 년 후 내 모습일 거라 직감했다. 평범한 시선으로 바라보면 당시 내가 하던 업무는 누군가에게 해보라며 권유할 것이 못 됐다.

하지만 나는 내 업무에 묘한 매력이 느껴지기도 한다. 사람을 만나서 상대해야 하는 문제라면 다양한 해결책이 존재하기 마련이다. 그 사람과 나의 입장 차이, 감정, 어쩌면 미팅하는 날의 날씨도 서로에게 미묘한 영향을 끼칠지 모른다. 하지만 기계는 다르다. 원인을 찾아야 하지만 답은 명확하게 하나로 정해져 있다. 고장 난 채 무표정한 기계를 두고 샅바를 흔들어도 보고, 안다리를 걸어보고 바깥다리도 소용없으면 할 수 있는 모든 것을 시도해 본다. 기계와의 대결은 수험생이 되어 수능 문제를 푸는 듯한 느낌이다. 머릿속에 그려보는 5지선을 다 사용해 보는 것이다.

솔직히 입사하고 선배들을 따라다니며 업무를 하나둘 파악하고 익히면서, 나는 몇 달 지나면 이들보다 내가 더 잘할 줄 알았다. 이제 와 고백하면, 내가 고등학교를 졸업하고 입사한 선배들보다 월등한 능력을 갖췄기에 회사에서 인정받고 직급을 높여준 거라 자만했다. 때문에 선배들보다 더 잘해야 하고, 대부분의 업무가 손에 익는 시점에서 그들의 도움을 받지 않고 내 연차 시절의 그들과 다른 모습을 보여줄 수 있으리라 장담했다.

하지만 막상 혼자 해보려고 하니 뭐 하나 제대로 할 수 있는 것이 없었다. 부서에서 실력이 떨어진다는 사람도 나보다는 확실히 한 수 위였다. 이 상황에서 그 방법으로는 절대 안 될 것 같다고 판단했는데, 내가 포기한 방법으로 가뿐하게 문제를 해결하는 선배를 보고 속으로 놀란 적도 있었다. 난 단지 대학물만 먹고 와서 건들거리는 하수였고, 그들은 숱한 경험을 겪으며 다양한 노하우를 체득한 수준 높은 베테랑들이었다.

와그작! 소리를 듣자마자 정말이지 눈물이 핑 돈다.

"이런 젠장!"

나도 모르게 긴 숨을 내뱉었다. 로봇 티칭(로봇을 조작하는 업무)은 마치 단순한 게임을 하는 것 같아서, 재미를 느끼며 한순간 긴장을 풀었다가 그만 다른 버튼을 조작한 바람에 웨이퍼가 다 부서졌다. 식은땀이 흐르고 심장이 조여 오는데, 머릿속은 점점 하얘진다. 과정을 건너뛰어서 벌어지는 실수다. 다시 과정을 차근차근 밟아나가면 되지만, 이런 실수는 수습하는 데 굉장한 시간이 걸린다. 또한 누군가가 연관되었거나 상황이 복잡하다면 변명이라도 할 텐데, 이건 명백한 내 실수다.

"인폼 하자."

때마침 업무를 교대하러 선배가 나타났다.

"어, 저… 그게 설비를 조작하다가 실수로….”

"너 그럴 줄 알았다."

선배의 양미간이 일그러진다.

"아, 이건 진짜 실수인데…… 내가 해결하고 갈 테니까 다른 것만 좀 해주면 안 될까요?"

평소에 말 한 번 잘 건네지 않은 사이였지만, 나는 그 선배에게 사정을 했다. 도와달라는 말은 목구멍까지 올라왔는데, 자존심 때문에 입 밖으로 섣불리 나오지 않았다.

"그런 게 어딨어? 일단 가서 보자."

선배는 그렇게 말하곤 로봇 티칭 업무에 대해 차근차근 설명해 준다. 그리고 도와주겠다며 같이 문제를 해결한다. 마음이 뜨끈해지더니 내 눈에선 또다시 눈물이 핑 돈다. 우리가 이렇게 친한 사이였던가? 나도 업무 교대 시간에 후배한테 이런 일이 벌어지면 이 선배처럼 해줄 수 있을까? 이 선배의 업무도 많은데, 이렇게 날 도와줘도 되는 걸까?

그날 이후로 그 선배를, 아니 직장 내 선배들을 바라보는 내 시선이 완전히 바뀌었다. 고졸이냐, 대졸이냐, 대학을 나왔으면 어느 대학 출신이냐 하는 식의 우리나라의 서열문화에 나도 모르게 젖어 그동안 색안경을 끼고 사람들을 재단해 왔다는 사실을 깨달았다. 내가 맡은 업무에서 학벌은 중요한 것이 아니다. 많은 경험을 통해 다양한 기술을 겸비하고, 우직할 만큼 꼼꼼하고, 수수께끼 같은 설비의 고장이나 불량을 해결하려면 창의성 또한 필요하다. '만렙'의 경지에 오른 선배들은 옹졸한 내 생각의 그릇을 깨트려 주었다. 비단 직장에서뿐 아니라 일상에서도 나는 조금이나마 사람을 섣불리 판단하지 않게 되었고, 좀 더 이해할 수 있게 되었다.

하지만 설비 엔지니어로 성장하기까지, 이제 겨우 출발점에 선 셈이었다. 실수를 저지르고 선배들의 도움을 받는 통과의례를 무수히 거치고 나서야 비로소 베테랑으로 인정받을 수 있었다.

FAB에서 매일매일 성장하는
시시포스

직장인이 맞는 아침은 누구나 비슷할 것이다. 눈을 뜨고 일어나기까지 짧은 순간에 오만 가지 감정이 드는 순간이 있다. 물론 그 안에서 행복이 끼어들 여지는 없다. 어찌 보면 이렇듯 규칙적으로 생활하고, 경제활동을 할 수 있는 여건 자체가 행복이다. 하지만 인간은 또한 현실에 안주할 수 없는 존재이기도 하다.

새벽에 알람 소리를 들으며 눈을 뜨면서 나도 모르게 긴 한숨부터 내쉰다. 천장 위 벽지는 스크린이 되어 나에게 라인 상황을 보여준다. 예민하게 반응하듯 나는 오늘 설비 상황을 상상하기 시작한다. 오늘은 또 어떤 설비가 나를 괴롭힐까?

"와, 아침이다. 출근할 생각을 하니까 너무 행복해!", "오늘은 회사에서 또 어떤 즐거운 일이 벌어질까?" 이런 말을 하는 직장인이 있을까? 정신 상태가 이 지경에 이른 사람이라면 복권에 당첨되어 조만간 퇴사를 하려는 사람이거나, 템플스테이나 교회 수련회를 다녀온 지 얼마 안 되었거나, 상사나 임원에게 세뇌에 가까운 가스라이팅을 당한 사람일 것이다.

출근하고 내 자리에서 애증의 관계라고 할 수 있는 PC를 켜고 사내 인트라넷에 접속해서 밤사이 쌓여있는 메일을 확인한다. 여유가 있으면 하나하나 읽어보련만, 우선 부서장의 메일을 먼저 확인하고, 내 이름이 거론된 메일이 없나 찾아본다. 다른 업무보다 빨리 처리해야 할 일들이기에 신경이 쓰인다.

신입사원 시절에는 메일을 어느 정도 읽고 나면 업무를 분배해 주는 선배가 엑셀로 만들어진 시트를 하나 보내줬다. 표에는 우리 부서가 해야 할 업무와 담당자들이 쭉 나열되어 있었다. 단순한 일을 반복하다가 연차가 쌓이면 고장이 나거나 불량이 거듭되는 설비에 투입된다. 선배 뒤를 졸졸 따라다니던 시기에는 나에게 업무가 제대로 배분되지 않아 답답해하기도 했는데, 지금 생각해 보면 그 시절이 회사에서 가장 여유로운 때가 아니었나 싶다.

그 시절 나는 설비의 유지·보수를 담당했다. 출근하고 어떤 설비를 배정받느냐에 따라 퇴근 시간이 좌우됐다. 때문에 대부분의 동료들은 평소에 하던 익숙한 업무를 반복하는 걸 좋아했다. 오늘 하루도 큰 변수 없이 안정적으로 근무하길 바랐다. 하지만 나는 이렇듯 반복되는 업무가 편안하기보다 지루한 기분이 들었다. 하루는 업무를 본격적으로 시작하기 전 내 불평을 들은 동료가 자기 업무와 바꾸지 않겠냐고 제안을 했다. 그가 담당하고 있는 것은 난이도가 있어 시간이 오래 걸릴 수밖에 없는 일이었다. 나는 고민 끝에 사양했다. 그런 일이 있고 나서는 반복되는 업무에 대한 불만도 신기하게 쏙 들어갔다.

우리 업무의 대부분은 FAB 안에서 이루어진다. FAB 안에서는 원활한 소통이 어렵고, 모두가 한꺼번에 시간을 맞추기도 어려워 투입되기 전에 잠시 티타임을 갖곤 한다. 그 자리에서 서로 어떤 업무를 맡고 있는지 알게 되고, 시간이 지나면 누구 일이 가장 강도가 센지도 얼추 파악할 수 있다. 고된 일을 맡고 있는 이에겐 나도 모르게 안타까운 시선을 보내기도 한다. 부서에는 업무를 분배해 주는 담당자가 있긴 하지만, 모두에게 똑같은 강도의 업무를 나눠줄 수는 없다.

또한 엔지니어들 사이에도 실력 차이가 존재한다. 같은 업무라도 일을 마무리하기까지 걸리는 시간은 천차만별이다. 함께 투입된 사람 중 시간이 많이 걸리는 이가 있으면 자연스럽게 모두의 퇴근 시간이 늦춰진다. 머리로는 이해가 되지만 나도 모르게 한숨이 나오는 것은 어쩔 수 없다. 때문에 눈에 보이지 않는 신경전이 동료 사이에 벌어지기도 한다.

티타임이 끝나면 이제 FAB 안으로 들어가 업무를 시작한다. 어제 분명히 A설비가 문제가 발생해서 부품을 교체했는데, 오늘은 C설비에서 똑같은 문제가 벌어져 수리를 하게 되었다. 곧바로 해결할 수 있긴 했지만, 원인이 똑같다고 하니 왠지 불안하다. 설비들이 단체로 파업이라도 벌이려는 건가 싶다.

"내일 또 이 문제로 어디서 설비 멈추는 거 아니야?"

농담 반 진담 반으로 동료에게 말을 건네는데, 동료가 정색한다.

"야, 그런 말은 왜 해! 진짜 그렇게 되면 어떡하려고?"

"미안, 취소. 그 말 취소할게."

이런 발언은 위험하다. 말의 힘은 생각보다 강력하다. 아침에 눈뜰 때마다 '오늘 혹시 무슨 일이 벌어지지 않을까' 하고 막연한 불안감을 느끼는 건 나뿐만이 아닐 것이다. 그런 사람들에게는 우스갯소리라도 가려가면서 해야 한다.

설비 엔지니어끼리는 가끔 이런 말을 한다. 걱정한 만큼 설비가 더 망가지는 느낌이 든다고. 만약이란 단서를 달고 최악의 상황까지 생각해 보긴 했지만, 정말 염려한 것이 어떻게 실제로 벌어질 수 있는지 모르겠다고. 때문에 입 밖으로라도 최악의 상황을 이야기한 사람을 타박한다. 나름의 미신이라고 할까?

사실 엔지니어들도 매번 똑같은 문제가 발생하면 근본적으로 무엇을 개선해야 할지, 확실히 고쳐서 오랫동안 문제없이 작동할 수 있는 방법을 마련해 봤으면 좋겠다는 생각을 한다. 하지만 당장은 수단과 방법을 가리지 않고 설비가 제대로 작동하게 해야 한다. 설비가 살아나야 생산이 가능하고, 그래야 내가 맡은 업무를 마무리 지을 수 있다. 이렇게 하루에 딱 하나의 일만 주어지면 좋으련만, 선배들은 기가 막히게 일이 언제쯤 끝나는지 다 계산을 척척

한 듯 다음 임무를 부여한다. 하루에 서너 가지 업무를 보게 될 때도 있는데, 신기한 건 어떤 일을 하든 매일매일 큰 사건이 벌어지지 않는 한 퇴근 시간은 귀신같이 얼추 비슷하게 맞춰진다.

설비 엔지니어의 업무는 대한민국 직장인들의 일상을 축소해 놓은 것 같다. 바쁘게 살아가는 직장인들도 하루하루의 일상을 이어나가기에 급급하지 않은가? 몸이 아프거나 사는 게 너무 팍팍하다고 마음이 건조해져도 그 원인을 깊게 생각할 여유는 없다. 약을 사먹고, 그저 조금이나마 여유를 부릴 수 있는 주말을 기다리며 버틸 뿐이다. 그럼에도 대부분은 별 탈 없이 살아간다. 아마 우리의 몸과 마음을 유지하고 보수해 주는 설비 엔지니어 같은 역할을 하는 세포가 존재하는 것이 아닐까?

"큰일 났다. 이거 단독 설비라서 죽으면 안 되는데. 빨리 살려야 해."

'단독'이라는 말이 붙은 설비는 대체할 설비가 없다는 뜻이다. 즉 이 설비가 멈추면 생산 가동에 직접적인 영향을 받는다는 의미다. 직장인의 현실적인 시점으로 이야기하자면 이 설비가 제대로 작동하기까지 퇴근은 영영 유보

된다는 의미이기도 하다.

어쩐지 오늘은 별문제 없이 여유롭다 싶었다. 잠시 뒤에 어떤 일이 벌어질지 모르고 '태풍 속의 고요' 속에 있었던 셈이다. 단독 설비는 항상 주의 깊게 지켜봐야 하는 'VIP 고객'이다. 이 설비가 멈춰버리면 공정이 진행되지 않아 FAB 전체가 멈추게 된다. 사안이 사안인지라 예전에는 모든 엔지니어들이 투입되었다. 하지만 지금은 상황에 맞게 베테랑 엔지니어만 투입한다.

이번에 투입되는 엔지니어는 다름 아닌 나. 업무 시간 외 단독 설비가 작동되게 하는 미션을 부여받게 되었지만, 긍정적으로 생각하면 그만큼 부서에게 인정받고 있는 것 아닌가. 이제 와서 돌이켜 보면 그 당시 나에게 단독 설비 수리를 부탁했던 선배도 미안했을 것이다. 업무가 뻔히 끝난 걸 알면서도 아쉬운 소리를 해야 하는 그의 입장도 그 자리를 맡고서야 어렴풋이 알게 됐다. 나도 중간관리자가 되어 본의 아니게 후배들의 사정을 익히 알면서도 눈치를 보며 부탁을 하게 되는 경우가 종종 있다. 흔쾌하게 받아 주는 후배가 얼마나 고마운지 모른다.

퇴근 전에 '인폼'이라는 것을 작성한다. 인폼은 여느 회사의 문서로 치자면 '업무일지'와 같다. 우리 회사는 24시간 라인이 가동되기에 교대 근무자들 간에 자신이 어떤 일을 했는지 인폼 형식에 맞춰 작성한다. 내가 근무하기 전 라인에서 어떤 설비가 말썽이고, 어떤 일이 벌어졌는지 알게 되면 더욱 효율적으로 업무에 임할 수 있다. 하지만 문서 형식이 갖춰졌다고 해도 사람마다 글을 쓰는 스타일이 달라 이해하기 어려울 때가 많다. 똑같은 업무였는데도 어떤 이가 쓴 글은 이해하기 쉬운 반면, 어떤 이는 대체 무슨 말을 한 것인지 두 번 세 번 읽어야 어렴풋이나마 해독이 가능하다. 제대로 인수인계가 되지 않으면 크고 작은 사건에 대처할 수도, 사전에 대비할 수도 없다. 때문에 인폼을 제대로 작성하지 못하는 직원들에게는 선배들의 불호령이 떨어진다.

왜 자신의 업무를 글로 작성하는 것인데, 제대로 전달을 못 하는 걸까? 유심히 읽어보니 인폼 작성에 어설픈 이들의 글은 마무리가 제대로 되어있지 않다. 인폼을 업무가 아니라 형식적인 절차로 여기고 빨리 퇴근하려는 마음에 대충 작성하려고 하니 어설프고 애매한 글이 되어버린 것이다.

퇴근하면서 나는 '혹시 나도 인폼을 작성할 때 빼먹은

게 없을까?' 하고 걱정스럽게 하루를 돌아본다. 그러다 묘한 상념에 빠져든다. 과연 내가 언제까지 이 일을 할 수 있을까? '보수 및 유지'는 사실 끊임없이 반복되는 업무이다. 업무가 익숙해지면서 다른 분야의 종사자들보다 일에 대한 예측이 가능하고 편안하다는 생각이 들기도 하지만, 매일 바위를 높은 산 위로 올려야 하는 형벌을 받은 시시포스가 바로 내가 아닐까 싶기도 하다. 눈을 뜨면 다시 맨 밑바닥에서 바위를 밀어올리듯, 라인에 들어가 처음부터 설비를 하나하나 점검해야 하는 운명.

그래도 시시포스는 바위만 밀지는 않았을 것이다. 그날 하루 바위를 밀어올리기까지 어제는 보지 못했던 아기자기한 존재들을 발견하지 않았을까? 산길 옆에 난 작은 꽃이며, 어제는 일에 신경 쓰느라 미처 듣지 못했던 멀리서 울리는 새소리와 간간이 이마의 땀을 닦아주는 바람결 등을 말이다. 무슨 일을 할지 몰라 버둥거렸던 나도 업무 능력을 향상하고 중간관리자의 역할을 맡고 나서 이전보다 보는 눈이 넓어지지 않았나?

엔지니어들의
식사 시간

직장에서 근무하고 있는 시간 중 가장 행복한 순간은 아마 퇴근하면서 사무실을 나서는 때일 것이다. 그럼 퇴근하는 순간을 빼면 빡빡한 근무 시간 중 그나마 긴장을 풀고 여유를 느낄 수 있는 때는 언제일까? 점심 먹고 나른한 오후 2시에 커피를 마시며 여유를 찾는다든가, 점심을 먹고 산책을 한다든가 아마 직장인마다 나름의 루틴이 있을 것이다. 그래도 여러 사람이 손꼽는 그 순간은 아마 '식사 시간'이 아닐까 싶다.

나는 출근하고 업무 관련 메일을 확인하자마자 체크하는 것이 바로 '오늘의 메뉴'이다. 대기업답게 구내식당도 규모가 크고 메뉴도 인터넷으로 미리 살펴볼 수 있다. 오늘의 메뉴가 마음에 들면 그날 업무도 왠지 손에 잘 잡히고 기분도 한층 올라가는 느낌이다. 즉석복권을 긁는 것처럼 출근해서 구내식당의 메뉴를 확인하는 일은 소소한 즐거움 중 하나다. 가끔 동료들끼리 "다 먹고 살자고 하는 일이잖아"라는 말을 농담처럼 주고받는데, 정말 우리가 직장을 다니고, 돈을 벌려고 하는 이유 중 가장 궁극적이고 원초적인 것이 바로 먹기 위함이라는 사실을 새삼 깨닫는다.

식사 시간에 자주 볼 수 있는 우리 부서의 풍경이 있다.

"A 나왔어?"

"아뇨, 지금 전화해 볼까요?"

"아, 얘 또 지금 전화하면 분명 나오고 있다고 말할 텐데…."

부서 특성상 우리는 사무실과 FAB으로 업무 장소가 구분되어 있다. 3교대 방식으로 근무하면서 같은 시간대에 함께 근무하는 사람들이 퇴근은 물론, 식사도 자연스럽게 함께한다. 식사 시간이 되면 FAB에 근무하던 엔지니어들이 사무실로 들어온다. 식사 시간이 되었다고 작업하고 있던 설비를 그대로 놔두고 올 수는 없기에 복귀 시간이 조금씩 차이가 있다. 약속이나 하듯 동시에 모이는 경우가 드물다.

"A야, 지금 어디야?"

"저 지금 나가고 있어요."

역시 예상을 벗어나지 않는다.

신입사원 시절에는 선배들의 "금방 나갈게"라는 말을 그대로 믿었다. 그런데 10분이 지나고, 20분이 지나도록 모습은 보이지 않았다. 역대 가장 정도가 심한 "금방"은 한 시간 반이었다.

'기다리고 있는 사람은 전혀 안중에도 없는 건가. 못 나올 것 같으면 안 되겠다고 말이라도 해줘야지!'

도무지 이해할 수 없고, 부아가 치민 적도 있다. 하지만 라인에서 근무하다 보니 나는 선배들의 배려 없는 행동을 이해하게 되었다. 여기서 일하면 시간관념이 없어진다. 말썽인 설비를 잠깐 손봤을 뿐인데 한 시간이 훌쩍 지나가 있는 경우가 허다하다. 이것만 빨리 마무리하고 동료들과 식사하면 되겠거니 생각하게 되는데, 라인에서의 그 짧은 시간이 FAB 밖에서는 더 빠르게 흐르고 있다는 사실을 잊고 만다.

이런 일이 너무 반복되다 보니 우리는 설비 능력 못지않게, 엔지니어의 업무 상황을 감별하는 능력을 키우게 되었다. 식사 시간에 누군가가 아직 보이지 않는다. 일단 전화를 걸어본다. 전화를 받은 상대는 금방 나간다는 뻔한 대답을 할 것이 분명하다. 그 말보다 주변의 소음에 온 신경을 집중한다. 라인에서는 늘 소음이 있다. 특히 OHT가 작동하는 소리가 핸드폰 너머로 들릴 정도면 10분 안에 절대로 나타나지 못할 것이라는 의미다. 아무리 빨리 일을 마무리 짓는다고 해도 30분은 걸린다. 이럴 땐 과감하게 결정해야 한다. 물론 나도 과감한 동료들에게서 자주 버림을 받는다.

"오늘 메뉴는 뭔가요?"

"왕돈가스하고 제육덮밥 그리고 청국장!"

"오, 다 맛있겠다. 선배는 뭐 먹을 거예요?"

식사 메뉴는 보통 선배가 후배에게 알려준다. 경험이 적은 후배들은 여유가 없다. 라인에서 허겁지겁 일하다가 겨우 식사 시간을 맞추기도 한다. 선배가 아니더라도 사무실에 있는 TV나 엘리베이터 전광판에서 메뉴를 알 수 있지만, 이런 대화를 통해 서로의 정을 쌓는다. 물론 저 시절에는 FAB에서 나오면 허기진다. 자연스레 식사 메뉴부터 궁금해진다.

구내식당은 백화점 푸드 코트와 같은 형태로 원하는 음식을 배급받는다. 음식 메뉴가 여덟 가지가 넘어서 메뉴에 따라 배급받는 장소가 층이 다를 때도 있는데, 이럴 경우 우리는 아예 입맛이 맞는 사람들끼리 따로 식사하기도 한다. 한자리에서 먹기 위해 메뉴를 하나로 통일한다든가 하는 불상사는 벌어지지 않는다. 그렇게 기다리던 식사 시간인데 굳이 다른 사람들과 함께하기 위해 내 식사의 즐거움을 포기하는 건 너무 슬픈 일이다.

같은 층에서 음식을 배급 받았다고 해도 자리 찾기라는 난관이 남아있다. 후배가 여섯 명이 앉을 수 있는 기가 막힌 명당을 찾았지만 우리가 도착하기 전에 다른 직원이 차지하고 만다. 함께 식사를 할 인원이 네 명 이상이 되면 다같이 앉을 자리를 찾기가 어렵다. 그렇다고 다들 비슷한 처지인데, 누가 잽싸게 자리를 맡아놓는 것도 민망한 일이다. 이런 얌체 같은 행동을 사내 게시판에서 지적하는 글을 심심찮게 발견한다.

구내식당의 음식은 '웬만하면' 맛있다. 몸을 움직이며 일하다 보니 식사 시간에는 내 몸이 허기져 있거니와, 그리고 나는 음식을 가리지 않고 체구도 큰 편이라서 정말 맛있게 많이 먹는다. 하지만 신입사원 시절에는 항상 감탄하며 맛있게 먹었던 구내식당의 음식이 이제는 가끔씩 질리기도 한다. 구내식당에서 요리를 해주는 조리사의 맛에 미각이 익숙해질 대로 익숙해질 만큼 회사를 오래 다녔구나 하는 생각이 들기도 한다.

그럼에도 우리는 회사 밖으로 식사를 하러 나갈 생각을 좀처럼 하지 않는다. 구내식당을 벗어나 특별식을 먹기 위한 경로가 만만치가 않다. 회사 정문까지 가기 위해서는 20여 분의 발품을 팔아야 한다. 여름에는 땀을 한 바가지 흘리면서, 겨울에는 오들오들 떨면서 돌아오는 길을 감수해야 한다. 게다가 구내식당은 삼시세끼 무료라는 특혜가 있다. 또한 협력사 직원들이 주변 식당을 자주 이용한다. 이와 같은 이유로 이러니 저러니 해도 구내식당을 찾게 된다.

식사를 마치고 다시 사무실 혹은 FAB에 돌아오면 이 시간이 찰나와 같은 느낌이 든다. 그새 이토록 빠르게 시간이 흘렀다니. 마치 FAB에서 잃어버린 시간관념이 식사 시간에도 계속되는 듯하다. 그리고 보면 회사에서 보내는 시간은 정신없이 흐른다. 기계와의 사투는 끝이 없다. 식사를 하고도 여유를 느끼지 못하는 건 그 때문이다. 출근과 퇴근이라는 정해진 시간이 있지만, 설비 엔지니어의 일은 기계가 작동하고 있는 한 끝없이 계속된다.

아이가 태어나면 부모는 자기 목숨이 다할 때까지 아이에게 사랑과 애정을 쏟는다. 비록 기계일 뿐이고, 돈을 벌기 위해 하는 일이라고 하지만 라인에서 만난 설비들에게 고유한 감정을 느끼게 된다. 늘 웃는 얼굴을 하는 후배와 말투가 특이한 선배처럼 설비들에게도 나름의 특성을 지닌 개별적인 존재감을 느낀다. 안 고쳐지면 그렇게 속을 썩일 수 없어서 미운 정, 조금만 손봐도 척척 알아들은 듯이 작동하면 고운 정이 쌓인다. 우리가 잠시나마 식사 시간에 긴장을 풀고 허기를 때우는 동안 설비들은 그간의 온갖 정을 되새기며 돌아올 엔지니어들을 기다리고 있을까?

고장 난 설비와
엔지니어를 이어준 '믿음'

아내와 나는 연애하던 시절에 거의 싸워본 적이 없었다. 결혼하고 나서도 크게 다툰 적이 없는데, 지금도 생생하게 기억날 정도로 크게 언쟁을 벌인 적이 있다. 대한민국에서 대화 주제로 삼지 않는 편이 서로에게 좋은 것이 정치와 종교 성향이라고 한다. 어떤 식으로든 좋은 의미로 이야기를 꺼내도 결국엔 싸움으로 비화되는 주제라고 하는데, 둘 중에서도 종교는 의견이 다른 두 사람이 접점을 찾기 어려운 것 같다. 우리 커플에게도 종교라는 예민한 주제는 큰 불똥이 되고 말았으니, 내 기억 속에 존재하는 그 다툼은 이른바 '종교 전쟁'이다.

서로 사귀기 시작하기 훨씬 이전부터 나는 오직 '나 자신만 믿는' 사람이었고, 아내는 독실한 기독교인이었다. 당시 연인이었던 아내의 초청을 받아 교회에 예배를 나갔다. 솔직히 별생각이 없었고 예배에 나가서도 요령껏 수면을 취하며, 여자친구에게 점수도 따고 부족한 잠을 보충하는 시간도 버는 꼼수를 부렸다. 그러다 어느 날은 충분히 잠을 자고 정신과 육체가 활기찬 시점에서 목사님의 설교를 들어볼 기회가 있었다.

아내와 대판 싸우게 된 원인은 설교를 들은 나의 반응 때문이었다. 나는 설교를 들을수록 머릿속에서 "왜?"라는 물음이 꼬리에 꼬리를 물고 증식했다. 마치 대여섯 살 아이가 부모의 이야기를 들을 때 "왜?"를 반복하는 것과 마찬가지로 말이다. 성경 속 이야기는 도무지 이해할 수 없는 내용이 가득했다. 지금은 당연히, 종교는 '믿음'에서 시작되고, '믿고자 하는 의지'가 없으면 어떤 교리도 이해할 수 없다는 사실을 알고 있다. 하지만 당시의 나는 개연성이 영 떨어져 보이는 성경도, 목사님의 말씀도 다른 언어처럼 느껴졌다.

"대체 왜 그렇게 된다는 거지? 이론상 말이 안 되잖아!"

반대로 믿음이 충직한 아내에게 이러한 나의 태도는 납득할 수 없었다. 때문에 우리는 이 문제로 꽤 오랜 시간 말싸움을 이어나갔다.

"믿으려고 하지 않으니까 그러는 거 아냐!"

"믿으려면 뭔가 인과관계가 맞아야지!"

당시에는 나도, 아내도 몰랐다. 이 싸움은 관점이 다르면 절대 두 사람이 수긍할 결론에 도달할 수 없고, 서로의 관점으로 보는 것도 굉장히 어렵다는 사실을. 그만큼 '믿음'은 받아들이기 힘든 것이었다. 하지만 작은 기적이라고 할 수 있을까, 아이러니하게도 나는 교회가 아닌 반도체 회사에서 일하게 되면서 어렴풋이나마 '믿음'이란 것을 이해할 수 있었다.

그날은 내 '반도체인의 삶'에서 긴장감과 간절함으로 진하게 얼룩진 하루였다. FAB에서 가장 흔하게 발생하는 문제는 웨이퍼를 다음 공정으로 옮기는 로봇의 고장이다. 움직이는 구간이 많아 계속 작동하면 과열이 되거나 마모되어 문제가 생긴다. 새 차를 몰고 다니면 쌩쌩 잘 나가지만, 시간이 흐르면 부품을 바꿔주거나 부족한 걸 채워주는 등의 보수와 관리가 필요한 원리와 같다. 자동차는 그나마 1

년 내내 24시간을 타고 다니지 않고 멈춰있을 때가 많지만, 반도체 회사의 로봇은 쉴 새 없이 움직여야 하는 운명을 타고났다. 혹사는 숙명이다. 게다가 머리카락보다 10만분의 1 정도로 얇은 나노 단위의 공정을 진행하는 특성상 미세한 차이에도 문제를 일으킨다. 로봇에는 알람을 발생시키는 각종 센서가 민감하게 설정되어 있다.

"삐액삐액."

"아, 또 알람 났다! 쟤는 왜 자꾸 멈추냐…."

알람이 한 번 발생했다고 해서 기기를 다 뜯어 고치지는 않는다. 로봇 말고도 엔지니어의 사랑을 갈구하는 설비들은 무궁무진하다. 현실적으로 이 녀석들에게 일일이 열정을 다한 애정을 품어주기가 불가능하다. 이런 내 마음도 알아주지 않고 알람이 거듭 발생하고, 몇 번 작동하다가 멈추기 시작한다. 긴급 상황이다. 이때는 애정이 아니라, 사랑, 감동 어린 사랑을 바쳐야 한다.

처음 문제의 로봇을 살펴보았을 땐 걱정하지 않았다. 그동안 똑같은 문제가 발생했고, 대부분 센서를 조정하면 해결됐다. 나 역시 당연하게도 센서를 확인하고 조정했다. 그런데 여전히 알람이 발생했다. 로봇은 회전하는 동작에서만 문제가 발생했는데, 내 손을 타고 난 뒤로는 앞

뒤로 움직일 때도 부자연스러웠다. 순간 등줄기로 식은땀이 흘렀다.

"인폼 확인하고 평소대로 센서를 조정한 건데, 이상하네. 추가로 해볼 만한 거 없을까?"

당황한 속마음을 감추고 함께 근무 중인 후배에게 물었다.

"혹시 센서가 아니고 모터 드라이브(모터에 연결되어 있는 위치, 속도 등을 조정하는 장치. 일반적으로 반도체 라인에서는 모터와 한 세트로 같이 사용됨)가 문제 아닐까요?"

생각지도 못한 걸 짚어내는 후배가 든든했다. 존경스러울 정도다. 우리는 모터 드라이브를 점검하고 교체했다. 그런데 상황이 더 악화되었다. 로봇은 좀 전보다 움직임이 둔해졌다. 1센티미터 움직이다 멈추고, 다시 움직이다 멈춘다.

"이게 대체 왜 이러지? 이론상 말이 안 되잖아!"

말을 하는 동시에 '어, 이거 어디서 들은 말인데?' 하는 생각이 든다.

"선배, 일단 이렇게 시도해 보는 게 어때요?"

"시도하려면 뭔가 인과관계가 맞아야 하지!"

우리가 할 수 있는 일은 다 한 것 같은데… 후배도, 나도 결국은 마이너스의 손이었던가? 공정이 멈춰버린 상황이 계속됐다. 하필이면 그날은 밤 근무였다. 나는 실력 있는 베테랑 선배에게 전화해서 의견을 물어보고, 혹시 문제의 실마리를 찾을 수 있을까 하는 심정으로 설비 업체에도 연락했다. 그날은 설비들이 무슨 심술이 났는지 업체 담당자들도 문제가 벌어진 다른 곳에 투입되어 당장 도움을 받을 수도 없었다. 의지할 데는 전혀 없는 상황. 다음 교대 근무자가 오기까지 아직 세 시간이나 남아있었다.

설비 엔지니어들은 설비가 이전과 동일한 문제로 고장이 났으면 그때 했던 해결책으로 상황을 마무리한다. 마치 게임에서 '치트키'를 쓰듯, 기존에 했던 방식대로 하면 가장 빠르게 해결이 된다. 그런데 치트키조차 쓸 수 없는 상황이라면? 오직 실력으로 승부해야 한다. 차근차근 하나씩 설비를 점검하면 되지만, 현실적으로 작업 여력이 되지 않는 상황에서 나와 후배 모두 그런 식으로 작업을 해본 적이 없다. 가장 간단하고 신속한 해결책만 생각해서 선뜻 다른 방법으로 문제를 해결할 의지가 생기지 않았다. 수면을 방해하는 실례를 감수하고 여러 동료들에게도 연락을 해보고 의견을 물어봤지만, 그들 또한 우리 둘과 다를 것이 없었다.

속수무책으로 흘러가는 시간만 무기력하게 바라보고 있는데, 어느새 동이 터오고 있었다. '내가 이렇게 무능한 존재였나, 10년 넘게 근무하는 동안 대체 뭘 한 거지' 싶은 자죄감에 빠져드는데, 갑자기 후배가 눈을 감고 중얼거리기 시작한다.

"뭘 혼자 중얼거려?"

"반야심경 외우고 있는데요."

"반야심경? 너 불교였어?"

"아뇨. 저 모태신앙 기독교인데요."

후배의 뚱딴지같은 답변에 계속 묻게 된다.

"근데 왜 갑자기 그걸 외워?"

"혹시 알아요? 두 개 믿으면 뭐라도 될지? 하나만으론 안 되잖아요."

왠지 그 대답에 마음이 열린다. 갑자기 납득이 가기 시작한다. 반야심경을 외운다는 말에 믿음이 0에서 1로, 모태신앙 기독교라는 말에 1에서 2까지 내 마음속에 믿음이 생겨난 기분이다.

"이슬람인들은 어디 방향으로 절하던데? 나는 절이라도 해야겠다."

내 대답에 후배도 웃고, 나도 웃었다.

"선배, 우리가 할 수 있는 건 다 했고… 이젠 믿을 수 있는 걸 다 믿어봐요. 어느 책에도 간절히 바라면 진짜 이루어진다고 했어요."

"난 아까부터 정말 간절했는데 말이지…."

무력함과 긴장감을 농담으로 잠깐이나마 이겨낼 줄 아는 후배는 나와 죽이 잘 맞았다. 우스갯소리를 주고받았지만, 사실 우리의 심정은 정말이지 지푸라기라도 잡고 싶었다. 예수님, 부처님, 알라님… 그 외 의지할 수 있는 신이라면 이 상황에서 나의 믿음을 바치고 싶었다.

무용지물이 된 로봇 앞에 맥없이 서서 시답잖은 이야기를 후배와 나누다가 나는 무심결에 설비 바닥으로 시선을 떨어트렸다. 그 순간에 내 눈에 접지선(로봇의 잔류 전류를 외부로 내보내 오동작을 하지 않게 하는 기능을 함)이 들어왔다.

"뭐야, 아래 접지선이 끊어져 있잖아?"

"그게 영향이 있을까요?"

확신할 수 없다. 하지만 지금 상황에선 뭐라도 해봐야 한다.

"몰라. 일단 해보자."

접지선을 연결하고 보니 놀라운 일이 벌어졌다. 알람이

발생하지 않고, 로봇도 평소대로 원활하게 움직인다. 접지를 해야 한다는 건 알고 있었지만, 많은 설비 엔지니어들이 간과한다. 나도 사실 이전까지 접지가 이렇게까지 중요하다는 걸 몰랐다. 나중에 확인해 보니 로봇이 회전할 때 발생하는 저항이 전자형태로 남게 되는데 그것이 기기 밖으로 반출되지 못하면 그 영향으로 설비의 위치가 조금씩 틀어져 알람이 발생한다고 한다. 어찌 보면 원인은 굉장히 단순했는데, 그걸 해결하겠다고 무려 여덟 시간 동안 별짓을 다하고, 온갖 사람들에게 연락을 하고, 다양한 종교의 신들을 찾았다.

설비 엔지니어들에게 "일할 때 무엇이 가장 힘든가요?"라고 물으면 아마 열에 아홉은 "예측할 수 없는 결과를 마주할 때"라는 대답을 들을 것이다. 신입사원 시절에는 'A라는 문제가 발생하면 B로 해결한다'는 공식을 배운다. 그런데 고장의 원인은 참으로 다양하고, 그에 따른 해결책도 가지각색이다. 내가 아는 짧은 지식으로는 대처할 수가 없어서 능숙한 선배들을 찾아 여러 라인을 기웃거리며 일을 배웠고, 나름의 해결책도 갖추게 되었다. 경험치가 쌓이고 그 기술을 바탕으로 임기응변까지 장착하면 고급 엔지니어로 거듭나게 된다.

기계는 거짓말을 하지 않는다. 원인과 결과가 아주 단순하고 명확하다. 논리적인 관점으로 세상을 바라보고, 또한 직장에서도 그 기준으로 어려움 없이 근무해 온 나이지만, 그날 벌어진 일을 통해 세상에는 논리적이지 않은 일들이 엄청나게 벌어지고 있다는 사실을 새삼스레 깨달았다. 그러한 세상을 살아가기 위해선 '믿음'이란 것이 필요할지도 모른다.

'인적 사고'의 후유증 극복에는
수십 번의 출퇴근이 필요해

기계와 대화를 시도하는 때가 있다. 상대가 기계란 걸 알면서도 인간적인 대화를 시도하게 되는 설비들은 멀쩡한 상태가 아니다. 엔지니어들은 설비가 고장 난 상태를 "다운(Down)됐다"고 말한다. 고장 난 것을 고치는 일이 주업무이고 크고 작은 고장을 대처하는 방법에 숙달이 되어, '오늘 무슨 일이 벌어지는 거 아닐까?' 하는 막연한 긴장감은 안고 살아가지만 그럭저럭 하루를 버틸 재간은 갖추어 간다. 대개는 다운된 설비를 고치면 상황이 해결된다.

하지만 웨이퍼에 문제가 벌어지게 되면 상황이 심각해진다. 몇 날 며칠을 매달려야 한다. 그런데 기기 결함이 아닌 사람의 부주의 때문에 이런 일이 벌어지게 되면, 담당 엔지니어에겐 악몽과도 같은 시간이 펼쳐진다. 보고서를 쓸 때에도 난감할뿐더러 주위 엔지니어들에게도 차가운 시선을 받게 된다. 동병상련과 인지상정이 통하는 동료 엔지니어들이 보기에도 인적 사고로 웨이퍼에 문제가 생겼다는 건 도저히 이해하고 받아줄 수 없는 사건이다. 그런 일을 내가 겪고야 말았다.

사건 전날 잠자리부터 뒤숭숭했다. 찜찜한 기분으로 출근해서 회사 게이트를 통과해서 엘리베이터를 향하는데, 놀라울 정도로 내가 거의 다다를 즘 엘리베이터 문이 닫혀 버렸다. 사무실에 들어와서는 자리를 잘못 찾아갔다. 수백 명이 함께하는 거대한 사무실이라지만, 매일매일 출근하는 자리를 착각한 것이다. 또한 FAB으로 가면서 사원증을 깜빡 잊고 사무실에서 챙기지 못했다. 전날 잠자리부터 아침까지 어이없는 상황과 실수가 예사롭지 않은 하루를 예고하는 전조였다. 하지만 나는 이런 경고를 읽지 못했다.

FAB에서는 평소와 다를 것이 없었다. 설비에 이상이 있다는 알람이 미친 듯이 울리는 평범한 순간들이 흘렀다. 알람을 확인하고 문제를 살펴보니 크게 신경을 쓸 것 없는 단순한 일들이었다. 문제를 해결하는데, 어딘가에서 알람이 울렸다. 이 또한 단순한 알람이었다. 'RESET' 버튼만 눌러주면 되는 일이었다. 나는 웨이퍼가 제 위치에 있는지 물어보고 이상이 없음을 확인하고 버튼을 눌렀다.

그런데 "쿠웅쩌억" 하고, 평소 라인에서 들어보지 못하는 소리를 들었다. 알고 보니 웨이퍼가 깨지면서 갈라지는 소리였다.

"선배! 로봇이 웨이퍼랑 부딪혔어요!"

그럴 리가! 로봇이 지금 움직이는 자리에는 웨이퍼가 있을 리 없는데?

"뭐? 거기 웨이퍼 없다며?"

"선배가 말하는 위치가 거기가 아닌 줄 알았어요."

머리가 멍해진다. 내가 직접 보지 않아서 이렇게 된 것일까?

"야! 그렇게 얘기하면 어떡해? 위치를 모르면 물어보든가…."

순간적으로 욱하고 소리부터 지른다.

"선배, 미안해요…."

당황한 후배가 움츠러든다.

이런 문제가 발생하면 선배든 후배든 버럭 소리부터 지르게 된다. 그러면서 머릿속으로는 이후에 벌어질 일들과 내가 해야 할 일들이 휘리릭 펼쳐진다. 그 일을 떠올리는 것만으로도 등골이 서늘해진다.

후배에게 큰소리로 나무랐지만, 사실 문제를 따지자면 선배인 내 몫이 크다. 눈으로 제대로 확인했어야 했는데, 말로만 묻고 넘어간 것이 화근이었다. 후회를 해본들 깨진 웨이퍼가 다시 붙는 것도 아니고, 이제는 빨리 수습해야 한다.

"소리 질러서 미안하다. 지금 중요한 건 뒷수습이야. 어쨌든 이 상황을 해결하면 돼."

"이거 보고서를 써야 하는 거죠? 뭐라고 쓰죠?"

"실수한 걸 실수했다고 써야지 뭐 별수 있나?"

후배와 사이좋게 설비 안에 쭈그려 앉아 웨이퍼를 치우기 시작한다. 기왕 이런 일이 벌어진 김에 설비가 어디가 아픈 것인지 환자를 진찰하는 의사처럼 꼼꼼하게 살펴봐야겠다. 매번 'RESET' 버튼만 눌렀는데 시간을 들여서라도 이참에 꼼꼼히 체크해 보았다.

후배와 나는 온몸이 땀으로 범벅이 되었다. 수리하느라 끼니도 건너뛰었다. 거의 다 고칠 때쯤 시간을 확인해 보니 어느새 근무 시간은 지나있었고, 다음 교대 근무자가 벌써 와있었다. 그나마 다른 설비들에서 문제가 벌어지지 않아 일에 집중할 수 있었다. 교대 근무자는 땀에 쫄딱 젖은 우리의 몰골 때문인지, 업무 중 일어난 이야기를 가만히 들었다.

"나머지 설비 좀 챙겨줘. 이거 수습하느라 정신없었어. 밥도 못 먹고…."

"애썼어. 가서 뭐 좀 먹어. 퇴근해서 푹 쉬고."

그나마 다음 근무자가 동기라서 마음 편하게 인계할 수 있었다. 하지만 현실은 동기의 말처럼 주린 배를 채울 수도, 푹 쉴 수도 없었다. FAB 밖을 나오니 우리 때문에 퇴근하지 못하고 있는 몇몇 선배들이 보인다. 후배와 나를 발견하고 그들은 속사포처럼 질문을 쏟아냈다.

"대체 무슨 일이야?"

"몇 장이나 해먹었어?"

"해결은 하고 나오는 거야?"

몸은 축 처지고 이제야 긴장이 풀린 탓인지 머리도 어질어질한데, 선배들의 핀잔과 훈계를 들어야 한다. 뭐라고 항변이라도 하고 싶지만, 명백한 내 실수이니 딱히 할 말도 없다.

"과정에는 문제가 있었지만 해결하느라 고생했다. 애썼어. 이제 정리하고 퇴근해."

"네."

하루 종일 쌓였던 스트레스와 억울함이 이 한마디에 쓸려갈 것 같았다.

"아, 맞다. 내일 바로 보고해야 하니까 보고서는 내일 오전까지 작성해."

그 말인즉 오늘 가기 전에 써놓으라는 뜻이다. 퇴근하려는 바람을 깨끗이 포기하고 자리에 앉아 모니터를 바라본다. 함께 근무한 후배를 앉혀놓고 몇 시간 전의 상황을 복기한다. 웨이퍼 위치를 묻는 내 물음의 뜻과 후배가 이해한 내용을 다시 확인한다. 후배는 다시 '긴장 모드'로 바뀌고 나는 보고서를 어떻게 써야 할지 막막하기만 하다. 그러다 후배의 모습이 측은해 보인다. 보고서를 쓰는데 굳이 둘이 머리를 쥐어짠다고 해도 쉽게 해결되지도 않는다. 나는 후배에게 먼저 들어가라고 말을 건넸다.

"오늘 일은 잊고 내일 다시 같이 일하자."

"…네."

말하지 않아도 후배의 얼굴에는 자책하는 빛이 가득하다. 몇 년 전 아마 나도 저런 얼굴을 한 적이 여러 번 있었다.

"어떤 실수도 한 번은 다 이해할 수 있어. 나도 그랬으니까. 근데 두 번, 세 번 되면 그건 실수가 아니고 실력이야. 오늘 같은 실수는 앞으로 절대 없겠지?"

"네, 잊지 않겠습니다."

퇴근하는 후배의 뒷모습을 보며 과거의 내 모습을 돌아본다. 저 시절에는 그저 빨리 퇴근 시간이 오기만을 기다렸지. 회사에서 벗어나는 것만으로도 속이 시원했다. 그런데 언제부터인지 책임져야 할 일들이 늘어나면서 마음 편히 퇴근하는 날이 줄어들었다. 내일 보고서를 올리면 아마 한 시간은 부서장 및 선배들의 꾸지람을 견뎌내야 할 것이다.

'아, 후배한테 묻지 말고 그냥 내가 눈으로 한 번 더 확인하는 거였는데!'

두고두고 후회가 남는 그 짧은 순간은 시간이 흐르면 추억으로 남을 것이다. 그러기까지 수많은 출근과 퇴근으로 아쉬움을 뒤덮어야 하겠지만.

누수 사고가 일깨워 준
'내추럴한' 매력

아침에 출근하고 화장실 세면대에서 손을 씻고 있는데, 후배 하나가 온갖 폼을 잡으며 머리를 매만지고 있다.

"선배, 오늘 저 스타일 어떻습니까?"

아내가 앞머리를 커트해도 알아보지 못하는 나에게 이런 질문을 하다니. 그런데 순간, 미혼인 후배가 이렇게 들떠서 거울을 보는 이유를 알 것 같다.

"소개팅 있어?"

"오늘 D조(제조 근무자들은 4조 3교대 방식으로 근무함. 네 개조는 알파벳을 따서 A, B, C, D조가 있음)의 그녀와 만나기로 했습니다!"

이름도 모르고 누군지 잘 모르지만, 핸드폰 속 사진으로 봤을 때는 대단한 미인이었다.

"와, 거기서 젤 예쁘다는 친구? 축하한다, 잘해봐."

축하한다고 말은 했지만, 후배는 내 마음속에서 '요주의 인물'로 각인됐다.

'남자는 머리 빨'이라는 말이 있다. 아쉽지만 반도체 회사에서 근무하는 남자에게 이 말은 금지어다. 이곳에서는 머리에 뭘 바를 수가 없다. 이유인즉 FAB에 입장해서 내부에 영향을 끼칠 수 있기 때문이다. 물론 방진복과 방진모, 마스크를 착용하는데, 방진모는 10분만 쓰고 있어도 머리가 스타일을 잃고 내려앉는다. 때문에 스타일에 목숨을 건 '패피'들은 아예 퇴근하고 스타일에 신경을 쓴다. 하지만 이 후배는 같은 회사에 근무하는 직원과 퇴근하자마자 약속이 잡혀있어 아침부터 스타일에 승부를 건 모양이다.

외모 꾸미는 데 어려움을 겪는 건 사실 남자 직원이 아니라 여자 직원들의 고충이 크다. 머리에 스프레이나 젤을 바르지 못할 뿐 아니라 짙은 화장도 할 수 없다. 마스크나 방진모에 화장품이 묻어서 FAB 내에 오염이 발생할 수 있기 때문이다. 오직 기초화장만이 가능하다.

어찌 됐든 나는 후배가 들뜬 마음으로 이미 콩밭에 가있다는 점에서, 또한 머리에 한껏 멋을 부리고 온 점을 고려해서 오늘은 방진복을 착용하고 라인에서 복잡하고 어려운 업무를 맡기지 않기로 했다. 라인에 들어가지 않고 할 수 있는 업무를 골라서 배분해 줬다.

"12Bay 2층 Leak 발생. 누수되고 있습니다. 현장 확인이 필요합니다."

근무 중 누수를 알리는 연락이 왔다. 액체를 사용하는 탓에 자주는 아니지만 종종 이렇듯 누수(Leak)를 알리는 연락이 온다. 누수는 '시간 싸움'이다. 물론 다른 설비가 고장이 나도 빠르게 점검하고 수리해야 하는 것이 기본이지만, 엔지니어가 한두 명 정도 투입되면 해결된다. 누수는 다르다. 동원할 수 있는 인원을 최대한 현장에 투입해서 누수가 벌어지는 곳을 빨리 파악하고 대처해야 한다. 주변에 번지는 영향도 최소화해야 한다. 넓은 범위에서 벌어지는 누수의 진원지를 찾아 막아야 하고, 번지는 것도 막자면 많은 인원이 필요할 수밖에 없다.

마치 비상 사이렌을 듣고 출동하는 소방대원들마냥 사무실 안팎의 엔지니어들 모두가 신속하게 FAB 안으로 뛰어들어 갔다.

"찾았다! 이게 망가져 있었네."

"다행이다. 그나마 헤매지 않고 금방 찾았네."

30분 만에 원인을 찾아냈다. 누수 발생 사고치고 이른 시간에 해결할 수 있었다. 위급 상황은 스패너 하나로 해결됐다. 마스크에 방진모를 쓰고 있어서 얼굴을 볼 수 없었지만 다들 개운하고 시원한 표정이 보이는 듯했다. 그제야 나는 오늘 소개팅이 있다던 후배를 떠올렸다. 스타일이 헝클어지지 않게 FAB에 들어오지 않고 사무실에서 근무하도록 배려해 줬던 그 후배도 황급하게 복장을 착용하고 라인으로 들어왔을 것이다. 아니나 다를까, FAB에서 나와 보니 후배의 윤기 흐르는 얼굴과 헤어스타일은 온데간데없다. 힘을 잃은 머리는 헝클어져 있었고 얼굴에는 윤기 대신 촉촉한 땀이 맺혀있다. 이를 어찌한다? 오늘은 조금이라도 일찍 퇴근하게 해줄까 생각하고 있는데, 내 마음을 읽은 후배가 차분하면서도 가라앉은 목소리로 말한다.

"선배, 괜찮습니다. 근무 시간도 다 돼서 뭐 할 것도 없네요. 그녀가 저의 내추럴한 모습을 좋아해 주길 바랄 뿐입니다."

"이야, 30분 만에 문제점을 찾아낸 것보다 긍정적이구나!"

상황을 부정적으로 바라보지 않는 후배의 자세가 놀랍기도 하고, 감사하기도 하다.

"그럼요. 이렇게라도 생각하지 않으면… 슬프잖아요."

20~30대는 한창 외모에 신경을 쓸 나이다. FAB에 들어가는 걸 꺼리는 젊은 직원들의 심정은 이해한다. 방진모, 마스크, 방진복을 입고 여덟 시간 동안 라인을 이리저리 이동하며 설비를 점검하고 보수하는 일은 많은 노동이 필요하다. 당연히 얼굴, 이마뿐 아니라 몸속에서도 땀범벅이 된다. 자연스레 다른 부서와 비교를 하고 신세를 한탄하기도 한다.

그럼에도 꿋꿋하게 FAB을 지켜준 선후배들 덕에 회사가 잘 굴러가고 있다. 다행스럽게도 후배의 연애도 행복한 결실을 맺었다. 내가 그 후배의 결혼식에서 사회를 본 지 벌써 5년이 지났다. 다른 사람은 몰라도, 적어도 같은 회사에서 서로의 어려움을 잘 알고 있는 남녀의 만남에서 머리 스타일 정도쯤은 문제가 되지 않는 듯했다. 오히려 후배는 인공적으로 꾸민 외모보다 '내추럴한 모습'에 많은 점수를 딴 것이 아닐까?

새벽 3시,
기계의 안위를 묻다

나는 퇴근하면 최대한 업무와 회사에서 있었던 일을 깨끗이 잊어버리고 나다운 삶을 즐기려고 한다. 하지만 24시간 설비가 가동되는 회사의 특성상 내 의지와 상관없이 퇴근 후에도 회사 업무에 신경을 써야 하는 급박한 순간들이 있다. 특히 설비에 큰 결함이나 문제가 생기면 어느 때든 불쑥불쑥 걸려오는 전화를 받아야 한다.

일주일 단위로 근무 시간이 바뀌고, 보통 2주에 한 번은 휴일에 근무를 해야 하는 여건도 빡빡하게 느껴지는데, 한밤이나 새벽에 갑작스럽게 걸려오는 전화를 받아야 하는 것이 너무 야박하단 생각이 들기도 한다. 하지만 전화를 거는 상대도 이 사실을 잘 알고 있을 것이다. 그럼에도 굳이 전화를 한다는 건 그만큼 사안이 심각하다는 뜻이다.

곤히 자고 있는 나를 깨우는 핸드폰의 진동음(혹은 벨소리)은 둘 중 하나를 의미한다. 가족, 친지 중 누군가 갑작스럽게 문제가 생겼다거나, 회사의 FAB 내 설비에 지금 이 시간에 근무하고 있는 엔지니어들도 감당 못 할 만큼 문제가 생겼다거나. 어쨌든 안 좋은 소식이긴 매한가지다.

새벽에 회사에서 걸려온 전화를 받은 적이 있다. 그것도 3일 연속으로. 사실 엊그제와 어제는 굳이 나에게 전화할 필요가 없는 사안이었다. 상황을 들어보니 당장 내가 할 수 있는 일이 없었고, 전화를 받고 곧바로 회사에 가거나 아침에 출근하거나 큰 차이가 없었다. 사흘이 되던 날, 핸드폰이 울렸을 땐 나는 속으로 '굳이 연락하지 않아도 될 문제로 연락한 거기만 해봐라. 가만 안 둘 거야' 하고 잔뜩 벼르고 있었다. 당시에는 나도 어지간히 지쳐있었나 보다.

"선배, 큰일 났어요. 우리 라인에 들어오는 가스 쪽에 문제가 생겨서 지금 전 설비 세운다고 난리 났어요."

후배의 다급한 고함 소리가 핸드폰에서 우렁차게 터져 나왔다.

"뭐? 그래서, 우리 설비는 어떻게 하고 있는데?"

꽁한 마음은 순식간에 사라지고 나도 목소리를 높였다. 한가롭게 잠자리에 누워서 설명할 수 있는 문제가 아니었다. 우리 부서가 사용하는 장비에는 특수 케미컬과 특수 가스가 들어간다. 이것들이 공급되지 않으면 설비는 사실상 사용할 수 없는 상태가 된다. 즉 단순히 멈췄다가 가동하는 것이 아니라, 며칠에 걸쳐 처음부터 미세한 공정을 다시 확인해야 하는 엄청난 일들을 해야 한다. 잠이 확 달아났다.

"지금 절반 이상 세웠고 결과 기다리고 있어요. 지원이 필요해서 위에서부터 연락 돌리고 있어요."

"하아… 알았다. 지금 갈게."

한밤이나 새벽에 전화를 받더라도 이 정도 심각한 상황을 들은 적은 드물었다. 내가 퇴근 전에 설명해 준 대로 했는데 해결이 되지 않는다며 의견을 묻거나 어느 라인에서 무엇이 문제라든 등의 보고가 대부분이라, 잠자리에서 이야기를 나누어도 충분했다. 그나마 나는 언제 어디서건 자려고 머리만 대면 금방 잠드는 편이라 다행이다. 이러한 전화를 받고 나서도 나는 다시 잠드는 데 1분도 걸리지 않는다. 부서의 한 후배는 새벽에 전화를 받으면 더 이상 잠들지 못하는 성향 때문에 몹시 힘들어 했다. 이 후배의 고충을 들으며 머리만 대면 잘 수 있도록 나를 낳아준 부모님께 감사해했다.

그런데 2~3년에 한 번 꼴로 깜짝 놀라게 하는 연락을 받는다. 라인 전체에 문제가 생겨 모든 엔지니어들이 출동해서 수습을 해야 하는 때다. 가끔은 뉴스에서도 보도가될 만큼 사회적·경제적으로 영향을 끼친다. 그날 새벽에 받은 연락도 며칠 뒤 뉴스에서 언급될 정도로 위급한 상황이었다.

내가 부스럭거리는 소리에 곁에서 자고 있던 아내도 깨어난 것 같았다.

"…무슨 일이야?"

잠기운이 그득 묻은 목소리로 묻는다.

"회사에 문제가 생겨서 가봐야 할 것 같아."

"뭐? 지금 몇 신 줄이나 알아?"

아내의 목소리가 순식간에 한 옥타브 올라간다.

"아, 조금 더 일찍 출근한다고 생각하지, 뭐."

"제정신이야? 지금 출근한다는 건, 운전하고 가겠다는건데. 달랑 세 시간 자고 차 몰면 어쩌려고 그래."

평소에도 다섯 시간 정도 잔다. 내 입장에서는 두 시간

덜 잔다고 해도 별문제 없다. 속상한 아내는 "어떻게 새벽까지 사람을 불러내느냐", "다른 일 해도 돈 벌 수 있지 않느냐, 그런 회사 때려치워라" 등등 따지듯 말한다. 하지만 아내도, 내가 가야 한다는 사실을 알고 있다.

"도착하면 꼭 전화해! 전화 올 때까지 안 자고 있을 거야!"

새벽이라 도로에는 차가 없었다. 막힐 것 없이 나는 최대한 속도를 높여 회사에 도착했다. 그런데 분위기가 이상했다. 나는 우리 부서에서도 집이 먼 편이다. 아무리 서둘러 오더라도 다른 직원들보다 늦을 수밖에 없다. 직원들로 가득해야 할 사무실이 위급 상황이라기에 너무도 한가하다.

'문제가 커져서 엔지니어들이 전부 FAB에 투입됐나?'

마침 사무실로 들어오는 야간 근무를 하는 후배가 보였다. 나는 그에게 서둘러 다가갔다. 나를 발견한 후배도 반갑다는 듯 다가왔다. 그에게서 다급하거나 긴장한 기색이 전혀 보이지 않았다. 너무도 의아했다.

"아, 선배. 전화 좀…."

"어떻게 된 거야? 다들 FAB에 들어간 거야?"

후배의 말을 끊고 내가 채근하듯 물었다.

"아니요, 한 시간 지나서 해결됐다고 해요. 지금 다 백업 돼서 설비 사용하려고요."

"야! 그럼 전화를… 하아…."

뜻밖의 대답에 탁 맥이 풀려버렸다. 뒤늦은 짜증이 몸속에서 폭발하려는 듯했다.

"선배가 전화를 안 받던데요?"

뒤늦게 핸드폰을 확인해 보니 '부재중 전화 3통'이라는 메시지가 떴다. 그 세 통의 전화 중 하나라도 받았으면 집으로 돌아가면 됐건만, 하필 운전 중이었다. 나는 운전 중에는 오직 운전에만 집중하고 전화를 받지 않는다. 그 때문에 소식을 듣지 못한 것이다.

그래도 별일 없어서 다행이었다. 큰일이 벌어진 줄 알고 마음 졸이며 찾아왔는데 아무 일도 벌어지지 않은 셈이다. 화가 나고 속상하긴 하지만, 안도와 짜증을 담은 한숨을 길게 쉬고 넘어가면 될 일이다.

그나저나 새벽 4시, 회사에 있기도 집으로 돌아가기에도 참으로 애매한 시각이다. 사비를 털어서라도 간이침대를 하나 사서 회사에 숨겨두고 싶은 심정이다. 앞으로 이런 일이 몇 번은 있을 테니까.

걱정하고 있을 아내가 떠올라 전화를 걸었다.

"여보, 잘 도착했어."

"…응, 좀 쉬면서 하고…."

전화한 내가 무색할 정도로 아내의 목소리가 가라앉아 있다. 벌써 절반은 꿈나라에 가있는 듯한데, 그래도 아내는 이런 남편 때문에 마음 졸이고 있을 것이다. 차마 "여기 안 와도 됐어" 하는 말을 보태지는 않았다. 새벽부터 아내의 혈압을 높일 필요가 뭐 있을까?

아내도 앞으로 몇 번이나 이런 일들을 겪게 될까? 자는 것도 아니고 깨어있는 것도 아닌 상태에서 무사함을 알리는 남편의 전화를 기다리는 상황을. 왠지 미안한 마음이 든다. 그래도 어쩔 수 없다. 자는 도중에도 설비의 안위를 살피는 것이 반도체인의 숙명인 것을.

3장

관계를
보수하고
유지합니다

유지도, 보수도 어려웠던
세 번째 만남

반도체 업계는 여느 산업 분야와 달리 규모가 방대하다. 국내 큰 기업체는 반도체 라인을 지어 생산을 담당한다. 자체적으로 만드는 설비도 있지만 설비 대부분은 '장비사(설비를 생산하는 업체. 'ASML, LAM, 어플라이드사 등이 있음)'라는 협력사에 의뢰해서 제작된다. 장비사들의 부품과 용역은 2차, 3차 협력사까지 이루어진다. 정확하게 세어보지는 않았지만, 국내에만 몇천 개나 되는 크고 작은 기업체가 얽혀있다.

규모가 큰 기업, 의뢰를 받은 장비사, 협력사 사이에는 자연스럽게 '갑을 관계'가 형성된다. 우리나라 사회에서

'갑을'이라고 하면 대개 권력의 유무를 따지게 되는데, 실제 일하는 현장에서는 공생하는 성격이 짙다. 우리도 장비사의 협력이 절실하고, 장비사 또한 우리의 의뢰가 절대적이다. 하지만 갑을관계에서 비롯된 만큼 갑의 입김이 센 편이다. 함께 일하는 사이라 하더라도 장비사 직원들은 우리 회사의 부서원들을 불편하게 생각하는 분위기를 느끼게 된다.

그날도 여느 날과 다를 바 없었다. 출근을 하고 라인으로 들어가는데 익숙한 얼굴이 보였다. 회사 밖이었으면 어쩌면 지나쳤을지도 몰랐지만, FAB에서 아는 얼굴을 만나니 왠지 반가워서 말을 건넸다.

"어? 혹시 김xx 님 아니세요?"

내가 말을 걸자 상대방은 호기심과 긴장감이 뒤섞인 표정을 지었다.

"네, 맞습니다. 안녕하세요. 혹시 어떤 것 때문에 그러시죠?"

"아, 선배 맞구나! 저 기억 안 나세요?"

"반도체 쪽으로 왔다는 이야긴 들었는데, 이렇게 만나는구나!"

그제야 상대방의 얼굴에서 긴장이 풀리고 미소가 번졌

다. 대학 시절 학과에서 '과탑'을 하던 선배였다. FAB은 굉장히 많은 사람들이 출입하기에 아는 사람 얼굴을 만나기가 '하늘의 별 따기' 수준인데 그날따라 무엇에 홀리기라도 한 듯 선배를 단번에 알아보았다.

하지만 내 반가움과는 달리, 선배의 얼굴은 이내 미소가 사라지고 당황하는 듯한 눈빛이 느껴졌다. 만난 장소도 그러했지만, 내가 현재 어떤 회사 소속으로 이곳에 들어와 어떤 일을 하고 있는지 눈으로 훑으며 정보를 파악하려는 느낌이 들었다. 아마 나도 선배와 같은 입장이었다면 똑같은 반응을 보였을 것이다.

그 선배와 나는 나이 차가 좀 있어서 내가 휴학하고 군 복무를 하고 있는 사이 선배는 졸업을 했다. 우리는 졸업 선배와 재학생 사이로 1년에 한 번 정도 만났다. 과에서 별 존재감 없는 나와 달리 선배는 학업 성적도 우수하고, 운동도 잘해서 인기가 많았다. 졸업 후에도 좋은 대우를 받으며 취직했다는 소식도 전해 들었다. FAB에 들어온 걸 보니 이곳에서 일하는 것 같은데, 하지만 나는 입사하면서 선배가 우리 회사에서 근무하고 있다는 소식을 들은 적이 없었다.

"아, 나는 빨리 들어가 봐야 해…. 나중에 기회 되면 또

보자."

"네."

조금 무미건조한 만남이었다. 이렇게 사람이 많은 곳에
서 또 언제 우연찮게 만날 수 있을지는 장담할 수 없었다.
왠지 선배가 나와의 만남을 꺼려하는 듯한 느낌이 들어 마
음이 불편했다. FAB에 들어가면서 선배가 옷을 갈아입고
있는 모습을 보았는데, 나와 복장이 달랐다. 그제야 나는
선배의 행동을 이해할 수 있었다.

이곳에서는 직원과 협력사 간에 옷의 색을 구분해 놓고
있다. 또한 협력사 직원은 회사 이름이 적혀있는 띠를 두
르고 입실한다. 차별하는 기분이 들 수도 있겠지만, 마스
크, 방진모, 방진복까지 착용해 누가 누구인지 모르는 상
황에서 의사소통을 효율적으로 하기 위한 방책이라고 한
다. 반도체 기업 특성상 보안에도 신경 써야 하기에 이런
구분이 필요하다는 이야기도 들었다. 나는 눈앞에서 사라
지는 선배의 모습이 쓸쓸하기만 했다.

당시 내가 담당한 업무는 설비의 'SET-UP'이었다. 반도
체 FAB에 비어있는 공간이 있으면 그곳에 설비를 들여와
테스트를 거친 이후 공정에 사용한다. 공정에 본격적으로

투입하기 전까지 장비를 준비하는 과정을 SET-UP이라고 하는데, 설비를 만드는 장비사에서도 인원을 파견해서 현업 엔지니어와 함께 일을 한다. 작업 특성상 설비의 많은 정보를 장비사의 엔지니어가 알고 있기에, 현업 담당자는 그에게 많이 의지하게 된다.

새로운 장비를 들여오기 전에 장비사의 담당자를 만나기로 했다. 그동안 내가 담당했던 공정에서 사용하던 설비와는 전혀 다른 새로운 모델을 도입하기로 해서 장비사의 담당자와도 처음 만나는 날이었다. 경험상 이런 만남일수록 첫인상이 중요해서 나름 신경이 많이 쓰였다.

"안녕하세요. 이번 설비의 공정평가(설비를 사용하기 전에 검증하는 절차)를 맡게 된 김xx라고 합니다."

마스크에 가려 얼굴이 보이지 않았지만, 목소리로 선배라는 사실을 알 수 있었다.

"어, 선배? 여기서 또 만나네요! 선배가 장비사 담당자예요?"

우연도 이런 우연이 있을 수가!

"응…. 혹시 네가 이 설비 SET-UP 담당자니?"

"네."

"그…그래, 잘해보자."

표정을 제대로 볼 수 없지만 선배는 껄끄러워하는 느낌이 들었다.

저번에도 그렇고 이번 만남에서도 선배가 나를 불편해하는 느낌이 나는 애석하기만 했다. 한편으론 선후배 사이에서 본사와 협력사 직원 관계로 조우하게 된 상황이 선배에게 거북할 수도 있겠단 생각이 들었다. 그 가운데 이렇듯 우연과 우연이 작용해서 두 번이나 선배를 만나게 된 것이 너무도 놀라웠다. 사실 저번에 우연찮게 스치듯 만나고 나서, 더 이상 얼굴을 마주하는 것도 쉽지 않을 거라 생각했다.

그 때문일까? 나는 할 수 있는 한 선배에게 많은 편의를 봐주었다. 장비사 입장에서 우리에게 부탁하고 요청한 일 중 내 선에서 받아주거나 협력할 수 있는 업무는 최대한 협조해 주었다. 선배가 업무 일정이 빠듯하다고 해서 미팅 일정을 늦추거나 늦게 오는 경우가 있었는데, 이 또한 눈감아 주기도 했다. 한번은 부서장이 FAB에 들어와 장비사 담당 엔지니어를 찾았는데, 하필이면 그날도 선배는 약속과 달리 늦게 방문했다. 행여 이 사실이 발각되면 선배에게 피해가 갈까 싶어 다른 곳에 돌발 상황이 벌어져 미리 양해를 바라는 연락을 받았다는 둥 얼마나 둘러댔는지 모른다. 이상하게도 내가 선배를 생각하고 잘해주려고 할수록 업무와 다른 쪽으로 신경 써야 하는 일들이 늘어나고 있었다.

"선배, 내일은 인증해야 해서 미리 준비해야 해요. 9시에는 꼭 와줘요."

설비의 SET-UP이 완료되는 시점에 '설비 인증'이라는 작업을 한다. 검증을 거쳐야만 설비를 사용할 수 있다. 마지막 절차이기에 담당해 온 우리 부서가 아닌 다른 부서에서 굉장히 꼼꼼하게 점검한다. 설비 인증이야말로 SET-UP 업무의 결과가 도출되기 때문에 가장 신경이 쓰이는 공정이다.

"9시 20분 정도에 가면 안 될까? 나 아침잠 많은 거 너도 알잖아."

"그래도 일찍 와야 하는데… 그럼 9시 20분까지는 와줘요."

차분한 목소리와 달리 내 마음속 깊은 곳에서는 부글부글 끓고 있었다. 선배는 언제부터인가 상식과 기준의 선을 넘었다. 언제부터, 무엇에서부터 어긋나 버린 걸까?

나는 다음 날 선배가 제시간에 나타나지 않으면 합당한 조치를 취해야겠다고 다짐했다. 그리고 역시나 상상한 그

대로 현실이 되어버렸다. 9시 30분에 인증이 시작되었는데 선배는 그때까지도 오지 않았던 것이다. 인증은 선배와 나 단둘이 하는 일이 아니었다. 앞서 말했듯 인증을 담당할 부서의 담당자도 이후의 업무가 있는 상황에서 마냥 선배를 기다려야 했다. 장비사와 우리 회사가 함께 확인해야 하는 과정, 장비사의 설명을 들어야 하는 과정 등을 전혀 진행하지 못하고 모두가 대기하고 있었다.

슬슬 뚜껑이 열리기 시작했다. 전화를 걸어보았다.

"여보세요. 어디십니까?"

"아, 지금 가고 있긴 한데 한 20분쯤 더 걸릴 거 같아. 미안 미안, 금방 갈게."

그날 결국 인증에 실패했다. 인증 일정이 미뤄졌고, 그 이유에 대한 사유서를 작성해야 했다. 대체 뭐라고 작성해야 할지 망설이고 있는데, 그간 참아왔던 분노가 온몸을 휘감는 듯했다.

나는 숨을 고르고 난 다음, 장비사에 전화를 걸어 담당자를 교체해 줄 것을 요청했다. 업무 중 담당자가 바뀌는 일은 장비사 입장에서도 이례적이었다. 하지만 나는 그간 있었던 일을 솔직하게 이야기했다. 통화를 하고 있는 상대방은 "그 친구가 그럴 리가 없는데…"하며 말끝을 흐렸다. 통화를 할수록 선배가 나와의 관계를 이용한 느낌이 들었다.

다음 날, 장비사의 부서장과 함께 선배가 나를 찾아왔다. 막상 얼굴을 보니 마음이 약해졌다. 관계가 이토록 느슨해진 이유에는 그동안 맺고 끊음을 확실하게 하지 못한 내 잘못도 한몫하고 있었다. 직장 상사에게 꾸중과 질책을 받고, 이 사태를 무마하기 위해 애쓰고 있는 선배의 모습이 안쓰럽기도 했다. 하지만 선배는 변할 기미도, 생각도 없어 보였다.

"야, 그거 조금 늦었다고 나한테 그러기냐? 내가 얼마나 욕먹었는지 알아? 좀 대충 넘어가자."

'어쩌자고 나는 이런 사람에게 호의를 베풀었던 걸까? 선배는 원래 이런 사람이었던가?'

나는 되레 그 자리에서, 선배와 함께 온 장비사의 부서장에게 "내일부터 담당자 바꿔주시지 않으면 저는 함께 일할 수 없습니다" 하고 확실하게 내 의사를 전달했다. 미팅을 마친 나는 마음이 너무도 무거웠다. 선배가 장비사로 우리 회사를 자주 방문한 사실을 몰랐거나, 우연한 만남이 없었더라면 이런 일은 벌어지지 않았을 거라 생각하니 더욱 괴로웠다.

피천득 작가의 유명한 수필 〈인연〉에서 작가는 일생에서 '아사코'라는 여성과 세 번의 만남을 회상하며 '세 번째는 아니 만났어야 좋았을 것이다' 하는 쓸쓸한 문장으로 글을 마무리 짓는다. 선배와 나도 크게는 세 번의 만남이 있었다. 학교에서 선후배로 처음 만났고, FAB 입구에서 우연찮게 만나 인사를 나눴다. 마지막으로 SET-UP 책임자와 장비사 담당자로 만났는데, 결코 만나지 말았어야 했다.

시간을 돌릴 수 있다면 나는 학교의 친근한 선배, 협력사에서 근무해서 뭔가 편의를 봐주고 싶은 감정에 휘둘리지도 않고 원칙대로 일을 해나갈 것이다. 관계에 대한 태도, 그리고 내가 하는 일에 대한 책임감을 새롭게 생각하게 된 계기가 되었지만, 지금도 '새드 엔딩'에서 자유롭지 못한 나에게 그 사건은 아픈 손가락으로 남아있다.

동료인 듯 동료 아닌
동료 같은 '그들'

어느 회사든 다른 부서와의 협업은 필수다. 영업 부서에서 아무리 열심히 한들 제품이 공급되지 않으면 물건을 팔수 없고, 제품 생산 또한 재료가 제때 공급되지 않으면 진행할 수 없다. 회사가 잘 돌아가려면 모든 부서가 정밀한 톱니바퀴처럼 유기적으로 돌아가면서 때론 아름다운 화음소리도 울려야 한다. 하지만 대한민국의 직장인들이라면 현실에서는 이러한 하모니는커녕 하루에도 여러 번 부서와 부서 사이의 불협화음과 갈등이 벌어진다는 사실을 느낄 것이다.

우리 회사 또한 마찬가지다. 다른 부서에서 메일이 도착하면 우리 부서원들은 '무슨 일이 있어도 놀라지 않겠다' 하는 마인드 컨트롤을 하며 마우스로 클릭한다. 다른 부서에서 오는 메일 중 부담 없고 편안한 마음으로 읽을 수 있는 메일은 정말이지 하나도 없다.

"또 이런 메일을 보냈어?"

그 부서에서 담당해야 하는 업무의 일부분을 우리 부서와 함께 진행하자는 메일이다. 우리 입장에서는 메일을 빙자한 업무 지시다.

"왜 자기들 할 일을 우리한테 같이하자고 하는 거야?"

"이 부서는 맨날 지적질만 하고, 자기들이 하는 일은 하나도 없어."

우리도 부족한 인원으로 현재 업무를 겨우 메워나가고 있는 상황에서, 이런 메일이 반가울 리 없다. 우리 회사의 업무에서 설비 엔지니어가 차지하는 비중이 많은 건 사실이다. 다른 부서에 비해 인원이 많고, FAB 안에서 근무하기 때문에 내부에서 발생하는 업무에서 설비 엔지니어들이 자유로울 수 없다. 우리들은 항상 이것이 불만이었다. 모든 부서들이 자신들의 업무를 조금씩 우리 부서에 떠넘기고, 성과는 쏙 빼먹는 기분이었다.

"제조 쪽에서 이걸 같이하자고 하니까 진행해 보자."

부서장이 조심스러운 목소리로 이야기를 꺼낸다.

"이걸 또 우리가 해야 합니까?"

평소 순순히 지시를 따르는 중간관리자 하나가 핏대를 높여본다. 하지만 "그럼 우리 말고 어느 부서가 할 수 있어?"라는 부서장의 반문에 우리는 말문이 막힌다. 매번 이런 식이다.

나는 분명 입사하면서 설비를 유지·보수하는 일을 담당한다고 들었는데, 생산에 맞춰 제조부서의 요청에 대응해야 하고 VIP가 방문한다고 하면 청소도 해야 한다. 그리고 매년 노동부나 환경청의 점검을 받아야 한다. 업무 시간 외에도 학습해야 하는 일도 있다(PSM 수검, 'Process Safety Management'의 약자로, 공정안전관리라고 하여 공장이 있는 회사는 모두 적용되는 법. FAB 안에서 근무하는 우리 부서가 담당하고, 관련 시험도 봄). 본래 업무 외에 이런 일들이 하나둘 늘어나면 상대적 박탈감이라고 할까 억울한 기분이 많이 든다.

그럼에도 높으신 분들이 많이 참석하는 회의에 다니다 보면 항상 설비 엔지니어의 수가 다른 부서에 비해 상대적으로 많다는 이야기와 함께, 이전까지 그렇게 해왔다는 전통(?)이 언급된다. 공장이라는 여건상 생산을 맡은 부서가 더 센 권력을 가지기 마련인데, 나는 생산을 담당한 부서의 장이 나서는 일을 본 적이 없다.

그래서 우리, 설비 엔지니어들끼리는 우스갯소리로 이런 말을 한다.

"우리 부서 말고는 다 적군이다."

그러한 다른 부서와 회의를 하면 정말 황당하기 이를 데 없는 일들이 발생한다. 예를 들면 생산을 위해 설비를 SET-UP 하려고 하면 제조부서와 설비를 어디에 설치할 것인지 협의를 해야 한다. 이 일을 하면서도 은근 서러운 마음이 든다. 땅주인은 제조부서이고, 우리는 임대차 계약을 맺고 설비를 설치하는 부서이다. 부서마다 서로 입장이 다르다 보니 뜻이 다를 수 있다. 가령 기계 하나를 어디에 둘 것인가를 놓고도 이견을 보이게 되는데, 결국 '파워'가 센 부서가 우선순위란 걸 차지하게 된다. 기계를 설치하기 너무 열악한 곳을 하사해 주곤 생산량에 차질 없도록 잘 관리해 달라고 한다.

"그 자리에 놓으면 유틸리티(설비에 사용되는 제원, Air, N2 등)를 사용할 수가 없습니다."

"좀 다각도로 보면 안 되나요? 무조건 안 된다고 하지 말구요."

아니, 외딴 섬 같은 곳을 쥐놓고 수도권 같은 인프라를 구축해 놓으라고 하다니 대체 우리가 무슨 재간으로 만들 수 있을까?

"그래서 여러 관점에서 보고 지난번에 여기 말고 저쪽에 놓자고 말씀드렸잖습니까? 저희가 먼저 요청했는데요."

"이것보다 더 중요한 공정 설비가 들어와서 그래요."

"저희 것도 중요합니다! 왜 매번 우리는 우선순위에서 밀리나요?"

"이해는 합니다만, 저희 입장에서는 다른 파트의 설비가 더 급해요. 입장을 바꿔서 생각해 주시기 바랍니다."

이런 도돌이표 같은 대화가 반복되다가 결국은 제조부서가 정해놓은 자리에 설치하기로 했다. 하지만 제조부서의 바람일 뿐, 현실적으로 설치가 불가능하다. 이사하기로 한 집에 하자가 발생해서 집주인에게 이 사실을 알렸더니 알아서 보수하고 살라는 말을 들은 기분이다.

설비뿐 아니라 설비 주변도 설비 엔지니어가 관리해야 하는 것이 당연한 일이 되어버리기도 한다. 기계의 결함에 따른 문제인지, 이 문제가 최근에 발생한 것인지 10년 전에 발생한 것인지 우리는 알 수가 없다. 단지 설비 옆에서 벌어진 문제이니까 해결을 해달라고 한다.

빠르게, 안전하게! 이런 구호는 희망일 뿐, 실제로 공장을 이렇게 운영할 순 없다. 마치 '따뜻한 아이스 아메리카노'와 같은 허상이다. '빠르게'에 가치를 두게 되면 중간 과정을 누락하거나 편법을 동원할 수밖에 없다. '안전하게'에 집중하려면 사전 준비를 많이 하고 시간을 들여야한다. '빠르게'는 사고를 유발하고, '안전하게'는 윗사람의 호통을 유발한다.

사람 마음이 간사해서 사고 날 확률보다 호통이 나올 확률이 훨씬 높으면 '빠르게'를 선택하게 된다. 하지만 그 결과가 나중에는 돌이킬 수 없는 후회와 트라우마를 낳을 수도 있다. 그럼 안전한 절차와 과정을 도외시할 수 없는데, 문제는 이 모든 일이 우리 부서뿐 아니라 다른 부서와도 연계되어 있다는 점이다. 생산을 담당하는 부서는 당연히 '생산'이 그 어떤 업무보다 중요하다. 우리 부서에 왜 설비 보수가 이렇게 늦느냐고 독촉한다. 정작 안전을 담당하는 부서에서는 정상적인 매뉴얼대로 작업을 진행하고 있느냐며 따진다. 우리는 과연 어느 장단에 춤추어야 할까?

"참, 이 설비 작업 시작한 지 얼마나 됐지?"

선배가 뭔가 생각이 났다는 듯 문득 나에게 묻는다.

"이제 여섯 시간 정도 됐어요. 한 시간 정도 공정평가

하고 나면 네 시간 뒤에는 백업(정상적으로 작동할 수 있는 상태)될 수 있을 것 같습니다."

나는 작업 상황을 가늠해서 대답한다.

"네 시간 후에나? 지금 제조 쪽에서 당장 살려달라고 난린데…. 백업 더 빨리 하려면 어떻게 해야 하지. 사람 더 부를까?"

선배의 표정을 보니 우리 뒤에서 호랑이라도 달려오는 느낌이다.

"공정과정에서 몇 가지 생략하면 되는데, 그럼 규정 위반인데요."

"안 되는 게 어딨어? 누구한테 말하면 될까? 제조팀장님 묶어서 메일 보내봐."

선배가 이렇게 말하고 안절부절못하는 걸 보니 이런 일로 크게 데인 적이 있는 것 같다. 사실 작업에서 규정이 생겨난 건 안전에 대한 점검도 있지만, 여러 부서의 요청으로 확인하는 절차가 늘어나는 경우가 많다. 위와 같이 급한 상황에서는 높은 자리에 있는 임원들에게 연락하면 하이패스처럼 세세한 절차가 사라지는 기적을 경험하게 된다. 오죽 급하면 그럴까 싶은 생각이 들면서도 이럴 거라면 왜 규정과 절차를 만들어 놨는지 의문이 간다.

아침에 출근할 때면 셔틀버스에 내려 거대한 인파와 함께 회사의 게이트를 통과한다. 이들은 이름도 모르고 얼굴도 낯선 이들이지만 같은 회사를 다니는 동료들이다. 부서와 역할이 서로 다르지만, 다들 회사를 더욱 성장시키고 연봉을 더 많이 받고자 하는 똑같은 목표를 품고 있다. 한 울타리 안에서 함께하면서도 늘 티격태격하게 되는 묘한 관계다. 하기야 영국과 프랑스가 역사적으로 앙숙 관계라 하고, 국경이 길게 붙어있는 미국과 캐나다도 사이가 좋지 않다고 한다. 우리나라에서도 이웃인 일본을 두고 '가까우면서도 먼 나라'라는 말이 있지 않은가.

하지만 따지고 보면 서로 스트레스를 주고받지만, 협력할 수 없으면 공생할 수 없는 사이이기도 하다. 회사에서도 부서 간 협력에 관심을 둔 것인지 다른 부서에 직원을 파견해서 서로의 상황을 조금이라도 이해하고 서로 도울수 있는 방법을 모색하고 있다. 같은 셔틀버스로 출퇴근하고, 같은 급식으로 끼니를 먹고, 회사를 키우려는 똑같은 마음을 품었지만 좀처럼 마음을 열 수 없는 사이. 아군인데 아군은 아닌 것 같고, 적군 같지만 또 적군은 아닌 관계. 오늘도 그런 사람들과 한마음 한뜻으로 일하고 있다.

우리도 커피 한 잔 마시면
일 더 잘할 수 있는데!

아침 조에서 근무하면 오전 10시쯤 자연스레 커피 한 잔 마시면서 잠시 쉬고 싶은 생각이 들기 마련이다. 그 시간 FAB이 아닌 사무실에 있으면 나도 여느 평범한 직장인처럼 그 여유를 느껴보고 싶다. 그래서 함께 근무하는 선배에게 "커피 한 잔 하시죠?" 하고 말을 건네보기도 한다. 하지만 대답은 여지없다.

"야, 지금 그럴 시간이 없다. 바로 들어가서 설비 백업부터 해야 돼."

어느 누구도 시키지 않았지만 이런 반응이 나오는 이유가 있다. 예상 작업 시간보다 조금이라도 점검이나 보수가 늦어지면 제조부서에서 압박이 들어오기 때문이다. 식사도 거르고, 물 한 모금은커녕 화장실도 제때 가지 못할 정도로 작업했건만 예정된 시간 안에 설비를 고치지 못한 적이 있다. 완료 시간이 지나자마자 알림을 알리듯 칼 같은 전화벨이 울린다.

"제조 xxx입니다. A설비가 아직 백업이 이루어지지 않았는데 진행 사항 좀 알 수 있을까요?"

사무적이면서 기계적인 목소리.

"아, 작업 시에 추가적인 문제가 발생해서 그거 확인하느라 좀 늦어졌습니다."

"왜요?"

방금 설명을 했는데, 이 물음에는 어떻게 대답을 해야 할까 막막하다.

"추가적인 문제가 발생을 했다니까요?"

"그러니까 그게 왜요?"

슬슬 나도 가슴이 뜨거워진다. 수리를 하다 보면 예상하지 못한 상황이 벌어진다. 아무리 경험 많은 베테랑 엔지니어들도 기계에서 벌어지는 경우의 수를 모두 헤아릴 수는 없는 노릇이다. 우리도 답답한 상황에서 추가적인 문제가 왜 발생했는지 설명을 해달라니.

"제가 설명해 드리면 이해하시나요?"

"정확한 내용을 설명해 주셔야 기록을 하고 보고를 할 거 아닙니까?"

듣고 보니 나도 좀 성급했던 것 같긴 하다. 전화기를 두 손으로 꽉 막고 잠깐 사무실 천장으로 고개를 젖혀 호흡을 조절한다. 제조부서 담당자와 생산에 차질이 생기면 꼭 이렇게 불편한 통화를 하게 된다. 내 이야기를 듣고 상사에게 보고한다는 것이다. 절차에 이해는 하면서도 일반인과 다를 바 없는 이 사람의 눈높이에서 전문용어 없이 알기 쉽게 어떻게 설명을 할까 머리가 복잡하다. 차라리 설명을 하는 시간에 조금이라도 더 설비를 살펴보고 수리하는 시간이 줄이는 게 서로에게 좋은 일 아닐까.

설비에서 발생한 문제를 설명한다. 하지만 몇 마디도 듣지 않고 상대방은 "그래서 언제 백업이 되나요? 한 시간 안에 되나요?" 하고 말을 끊는다. 부글부글 속이 끓어오른다. 애초에 백업이 언제 완료 가능한지 물어봤으면 될 것을. 하지만 예상 작업 완료 시간은 내 입으로 발설한 터, 화를 내봤자 상황은 악화되면 됐지 해결될 일은 없다. 차분하게 다시 호흡을 다듬고 대답한다.

"세 시간 정도 더 소요될 것 같습니다. 검증도 해야 하니까요."

"그렇게나 많이요? 왜 예상 시간보다 자꾸 늘어지나
요? 일단 두 시간 안쪽으로 백업이 될 수 있도록 부탁드립
니다. 지금 쌓여있는 물량이 많아요."

관련 부서의 담당자들 사이의 대화가 아니라 상사의 지
시를 받는 느낌이다.

"예, 일단 알겠습니다."

영혼 없는 대답과 함께 전화를 끊었다.

이럴 줄 알았다. 세 시간이라고 하면 저쪽에서는 분명 두
시간 안에 해결해 달라고 채근할 것이었다. 우리 회사에서
'시간'은 가끔 시장에서 흥정하는 '물건'이 되기도 한다.

어느덧 한 시간이 지났다. 설비는 동작이 가능한 상태까
지 만들어 놓았지만 공정평가를 받고 나야 가동할 수 있
다. 공정평가부터 작업은 프로그램에서 명령을 내리면 알
아서 착착 진행된다. 시간이 지나면 결과가 나오게 된다.
이제야 좀 여유롭다. 점심도 거르고 수리에만 온 신경을
쓰고 보니 뒤늦게 허기가 밀려온다. 뭐라도 먹어야겠다.

FAB에서 나와 사무실로 향한다. 함께 근무하는 후배를
데리고 뭐라도 먹으러 갈까 하는데, 시간은 어느덧 3시다.

구내식당에 가기에도 시간이 애매해져 버렸다(점심 식사는 3시 30분까지만 운영된다). 그렇다고 회사 밖으로 나가서 사 먹자니 너무 멀다. 우리는 컵라면 두 개를 챙겨 휴게실에 가서 허기를 때웠다. 그러고 나서야 밖에 나와 잠시 숨을 고른다. 보통 점심시간이라면 여기저기서 나온 사람들로 정신이 없어야 할 자리가 굉장히 한산하다.

후배와 커피를 한 잔 마신다.

"매일 이렇게 일하니까 힘들지?"

"힘들긴 한데, 어쨌든 할 일 하고 이렇게 커피 한잔 하니까 마음은 편하네요."

후배도 점점 엔지니어가 되어가고 있다.

근무 시간, 교대 근무, 쉴 새 없는 압박… 근무 여건을 떠올리면 한시도 여유로울 수가 없다. 후배들 중에는 이 때문에 이직을 진지하게 고민하는 이들도 있다. 나는 능력이 되고 다른 일을 하고 싶은 후배가 있으면 새로운 일에 도전해 보라고 응원하는 편이다. 우리가 하는 일이 보람찰 때도 있지만, 여느 사무직들과 달리 식사 시간도 유동적이고 커피 한 잔 할 시간을 내기도 빠듯하다. '삶의 질'을 중요하게 여기는 사람이라면, 그리고 보람에 비중을 두지 못한다면 다른 꿈을 품어볼 만도 하다.

후배와 긴 대화를 나눌 틈도 없이 핸드폰에서 벨이 울린다.

"지금 생산이 문제가 돼서 그러는데 이 설비 언제 백업이 되나요?"

조금 전 제조부서의 담당자다.

"아까 두 시간이라고 말씀드리지 않았나요? 아직 한 시간 반밖에 안 지났는데요."

"엄청 급해서 그렇습니다. 지금 당장 어려우면 팀장님께 다시 보고 드려야 합니다."

또다시 등장한 '팀장님'. 하지만 그 치트키에 대응할 방법이 없다.

"하아, 들어가서 바로 시간 체크해 보겠습니다."

발길을 다시 사무실로 향한다. 조금 전에 서둘러 먹었던 라면이 속에서 콱 막히는 느낌이다. 왠지 서글프다. 매일 기계에 치이는 이 삶도, 끼니를 건너뛰고 라면으로 빈속을 때우고 잠시 해바라기를 하고 있는 우리는 안중에 없이 사무적인 목소리로 채근하는 인간미가 상실된 상대방과의 대화도.

그래도 할 일을 해야 한다. 엔지니어는 기계를 고치라고 채용된 사람이 아닌가. 제조부서의 담당자도 말은 저렇게 해도 내가 모르는 속앓이를 하고 있을 것이다. 개인적인 감정으로 계속해서 독촉하는 전화를 하진 않을 테니까.

엉뚱한 상상을 해본다. 내가 만약 부서의 장이 된다면 꼭 부서원들에게 만들어 주고 싶은 시간이 있다. 커피 한 잔은 할 수 있는 여유. 어떤 급박한 상황이 있더라도 절대 그 시간만큼은 연락해서는 안 되는 규칙을 만들어 주고 싶다. 하지만 이 희망은 상상에서나 가능하다는 걸 잘 알고 있다. 가끔은 하루 업무가 정해져 있는 일을 하는 사람들이 부럽다. 우리도 커피 마시면서 일 잘할 수 있는데.

새벽녘, 삼겹살의 참맛이
깨어나는 시간

우리 부서는 부서원의 남녀 성비가 극단적으로 남성이 많다. 업무 또한 노동 강도가 센 일들이 많고, 선배의 노하우를 전수받아야만 업무 능력을 향상할 수 있다. 끈끈한 사이가 아니면 팀워크를 기대할 수 없다. 이러한 회사에서만 발견할 수 있는 직장문화에는 무엇이 있을까? 나는 첫 손으로 '잦은 회식'을 꼽는다.

우리 부서는 회식이 잦다. FAB 내부를 돌아다니며 기계를 점검하고 보수하다 보면 허기가 저절로 찾아온다. 퇴근할 때면 같은 시간대에 근무하는 동료들의 머리 위에는 '피곤하고 배고파' 하는 말풍선이 보이는 듯하다. 그럼 누가 뭐랄 것도 없이 회사 주변에서 회식이 이루어진다.

하지만 다른 회사의 회식과는 다른 이색적인 풍경이 그려진다. 내 시계가 6시 29분을 가리키고 있다. 즐거운 이 시간은 저녁이 아닌 아침이다. 평범한 직장인들은 출근 준비하느라 정신없을 그 시각, 우리는 고깃집으로 향한다. 육체노동 이후엔 역시 삼겹살이 답이다. 나도 입사하기 전까지 이 시간에 삼겹살을 먹게 되리라곤 상상도 하지 못했다. 하지만 G/Y(22시에서 6시까지 근무) 조가 되어 근무하면서 새벽에 먹는 삼겹살의 참맛을 알게 되었다.

"인폼 끝. 수고들 해! 우린 삼겹살 먹으러 간다!"

"와, 맛있겠다! 많이들 드세요! 우린 끝나고… 장어 먹자고 해야겠다!"

Day(6시에서 14시까지 근무) 조 근무자들이 부러워하며 대답한다. 점심을 막 지난 오후 2시에 장어 먹는 맛도 꿀맛이겠지만, 새벽녘 삼겹살에 비할 바는 못 된다.

입사 초창기 G/Y 조로 근무할 때는 시차에 적응하지 못해 고생했다. 자정이 넘어가면 앉아서도 졸고, 서있어도 졸았다. 그나마 차츰 몸이 적응해서 다행이었다. 하지만 새벽 6시에 퇴근해서 집에 돌아와서 나는 이상한 습관을 들이고 말았다. 몸은 피곤하면서도 잠자리에 들지 않았다.

하다못해 스마트폰을 가지고 영상을 보거나 웹소설이나 웹툰 등을 보면서 9시까지 버텼다. 아침에 잠드는 걸 내 몸이 어색해했던 걸까? 혹은 밤새 일만 했는데, 집에 돌아오자마자 잠을 자는 게 억울했던 걸까?

앞서 이야기했듯이 그 시간 내 몸 상태로는 생산적인 취미활동을 할 수 없었다. 운동, 영어 공부 등 나름 계획을 세워봤지만, 모두 허사였다. 알고 보니 나만 그랬던 것도 아니었다. 같이 근무한 동료들도 다들 사정들이 비슷했다. 아무것도 하지 못하고, 그렇다고 쉬이 잠이 들지 않는 상태라면 밤새 고생한 나를 보상해 주는 시간이 필요했다. 자연스레 우리는 강제할 것 없이 그저 마음 맞는 사람끼리 퇴근 후 삼겹살과 술 한잔을 함께하게 되었다.

지글지글, 삼겹살이 구워지는 이 불판은, 새벽에 더욱 영롱해 보인다. 밤샘 근무로 온몸이 내려앉지만, 익어가는 고기 냄새는 기운을 되찾게 한다. 회사의 근무 규정에 맞춰 야간 근무를 한 것이 아니라, 이 시간 이 고기 맛을 느끼려고 자발적으로 야간 근무를 한 것 같은 착각이 든다.

고기 한 점 집어 먹고, 소주 한 잔을 들이켜니 괜히 감격스럽기까지 하다. 옆에 앉아서 흐뭇하게 웃고 있는 동료와 소주잔을 부딪친다.

"왠지 술이 더 잘 들어가는 거 같지 않아? 남들 출근할 때 우린 놀고 있는 거잖아."

"하하, 남들 자고 있을 때 열심히 라인 돌아다닌 건 생각 안 해? 교대 근무 생각하면 가슴 아프지만, 일단 지금을 즐기자."

카르페 디엠. 이 타이밍에서 쓰라고 만든 말이 아닐까?

회식 자리에서 주고받는 이야기는 늘 비슷하다. 업무 중 자신의 기억에 인상적으로 남아있던 경험, 아찔했던 순간, 그러다가 가족들과의 소소한 이야기와 재테크 관심사 등이 오간다. 물론 자세히 들을 필요 없다. 이미 직장 안팎에서 수십 번 들은 이야기니까. 그래도 이 자리가 즐거운 건 서로의 고충을 너무도 잘 아는 사람들이 밤을 지새우고 허기진 배를 함께 채우는 시간을 함께하기 때문이다.

고깃집 안에는 우리만 있는 것은 아니다. 회사에서 24시간 교대 근무 방식은 우리 부서만이 아니라 전 부서, 전 라인에 포진되어 있다. 야근 근무 조만 해도 그 규모가 어마어마하다. 또한 사람 심리가 다 비슷한 것인지, 밤샘 근무 이후 회식은 우리 부서만의 문화는 아닌 것 같다. 실내는 아침 7시가 아니라 저녁 7시라고 해도 믿을 정도로 시끌벅적하다. 새벽녘에 고기를 먹으려는 사람 심리도 신기하지만, 이 시간에 문을 열고 손님 받을 생각을 한 고깃집 사장님도 신기하다. '새벽에 고기를 먹고 싶은 고객의 욕망'과 '새벽에 가게 문을 열어 고기를 팔더라도 돈을 벌고 싶은 사장님의 욕망'이 언제 어떻게 맞닿았을까?

고깃집만이 아니다. 이 거리에는 새벽에 문을 연 치킨집도 있다. 또한 고된 노동을 하고 온 사람들의 마음도 이때만큼은 넉넉해진다. 나는 보통 회식 자리에서는 음료수를 잘 주문하지 않는다. 왠지 고깃집에서 음료수를 사 먹는 돈이 아깝다. 하지만 새벽의 회식 자리에서는 동료가 음료수를 주문해도 아쉬워하지 않는다. 밤새 일하고 몸도 피곤한데, 고작 음료수 때문에 스트레스 받고 싶지 않다는 보상심리일까? '누가 먹든 돈 좀 더 내면 되는 거 아니야?' 하고 맘 편하게 받아들인다. 아마 회사 앞 새벽녘 장사는 저녁 장사 못지않은 수익을 내고 있을 것이다.

술자리가 끝나갈 때쯤 해가 떠오르고 주위가 밝아진다. 창밖으로 들어오는 햇빛에 비친 동료들의 얼굴이 불콰하게 달아오른다. 자리를 마무리하기 딱 좋은 타이밍이건만, 왠지 이 기분 좋은 순간을 좀 더 연장하고 싶은 마음이 든다.

"우리 볼링이나 한 게임 치고 갈까?"

누군가가 입 밖으로 모두가 기다렸던 말을 뱉어낸다. 우리의 회식은 이렇듯 1차에서 끝나지 않는다. 볼링이나 당구를 치면서 몸을 움직이기도 하고, 술이 더 당기는 날엔 2차를 가기도 한다. 밤새 일하고 난 다음 술과 고기로 배를 채운 몸으로 당구나 볼링이 제대로 될 리 없다. 반쯤 풀린 눈으로 앉아 자기 차례를 기다리며 동료들의 폼을 두고 저마다 한마디씩 쏟아낸다. 평소 실력의 반도 발휘하지 못하고, 이리저리 뒤뚱거리고, 볼링을 하는 건지 공 던지기를 하는 건지 게임은 엉망진창이다. 누군가 우리를 보고 있으면 시트콤 드라마를 촬영하고 있는 것으로 여겨도 될 정도다.

이렇게 한바탕 '몸 개그'를 펼치고 나서야 회식은 마무리된다. 하지만 마지막 순간까지도 나는 중간관리자로서의 직책에서 자유로울 수 없다. 혹시 누군가 음주운전이라도 하는 일은 없는지 확인한다(아침에도 대리기사가 활동하는 우리나라의 대리운전 시스템에 탄복하는 순간이다).

모두가 귀가하는 모습을 확인하고, 드디어 나도 집으로 향한다. 나이가 들어갈수록 새벽녘 회식을 마치고 돌아가는 귀갓길이 멀어진다. 그리고 눈이 점점 감기고 몸도 무

거워질수록 지난밤의 근무와 몇 시간 전의 삼겹살 회식도
아득해진다.

축 늘어져 집으로 들어오는 남편을 바라보는 아내의 얼굴에는 못마땅함과 측은함이 고루 묻어있다. 방전 직전 상태의 나는 몸을 눕힌다. 오늘 다시 시작될 한밤의 출근, 계속 말썽을 부리는 오래된 설비, 혹시 위급한 상황이 벌어져 나에게 연락이 오는 건 아닐까 하는 모든 걱정일랑은 접어두고 새벽녘 회식의 행복한 순간만을 머릿속에 담아둔 채 긴 잠을 자고 싶다.

꿈꾸는 대로
살고 싶은 사람의 선택

후배가 쭈뼛쭈뼛 다가온다. 분명 목적지는 내 앞인데, 자연스럽지 못한 걸음걸이, 손은 주머니에 들어갔다가 뒷머리로 올라갔다가 제자리를 찾지 못하고, 눈동자도 갈 곳을 잃고 망설이고 있다.

드디어 올 것이 왔다. 얼마 전부터 얼굴빛이 안 좋구나 싶더니. 이제 나도 '고인물'이 되어버린 걸까? 무슨 일이 벌어질지 안 봐도 안다. 하지만 의외였다. 8년이나 같이 근무한 사이였는데, 이렇게 불쑥….

"선배, 저 드릴 말씀이 있는데요…."

"사랑 고백이라면 사양하겠어."

나는 먹히지도 않을 썰렁한 농담을 뱉어낸다. 후배 입에서 나올 그 이야기를 좀 더 늦춰서 듣고 싶은 마음이 이런 식으로 발현된다.

"저기 진지한 이야긴데요… 저 다음 주에 퇴사합니다."

나는 10년을 한 부서에서 일하다가 3년 남짓 다른 곳에서 파견 근무를 했다. 파견 근무를 마치면 보통 원래 있던 부서가 아니라 다른 부서로 발령이 나오는데, 신기하게도 나는 예전에 있던 부서로 복귀하게 되었다. 3년이란 시간이 지나고 보니 그 사이 부서 분위기가 달라졌다. 인원도 줄어들었고 안면이 있는 사람들도 그만큼 줄어있었다. 퇴사를 '고백'한 후배는 그중 오랫동안 동고동락해 온 사이였다.

어느 날, 예고도 없이 갑자기 불쑥 찾아와 들은 그의 퇴사 소식은 나에게 충격이었다. 최근 이직이 활성화되어 입사한 지 얼마 안 된 신입사원들이 퇴사하는 일은 굉장히 익숙하다. 하지만 10년 넘게 근무하던 사람이 이토록 갑작스럽게 일을 그만두겠다니, 너무도 이상했다.

'내가 없는 사이 부서에서 무슨 일이 있었던 걸까? 업무가 과중한가?'

의문은 꼬리에 꼬리를 물고 이어졌다. 10년이란 시간

동안 업무 외에 서로의 고충을 주고받은 사이라고 생각했는데 이렇듯 퇴사 소식을 전하는 후배가 야속하기도 하고, 퇴사를 결심하기까지 곁에서 내가 뭔가 눈치채지 못하고 챙겨주지도 못한 것 같아 자책감이 들기도 했다. 후배와 나는 다음 날 점심 약속을 하고, 같이 밥을 먹으면서 이야기를 나누기로 했다.

"내가 우리 부서로 돌아온 지 얼마 안 돼서 분위기 파악이 안 되거든. 혹시 부서장님이나 부서원 중에 힘든 사람 있어?"

부서 분위기가 문제인지 넌지시 물어봤다. 사회 전반적으로 인권이 개선되면서 기업문화도 바뀌었다. 신입사원들의 역할, 그들에 대한 인식 또한 예전과 달라지면서 기존 사원들의 입장에서는 업무가 과중해진 것도 사실이었다.

"업무적으로 힘든 건 있긴 하지만, 딱히 문제라고까진 할 순 없어요."

여긴 대기업이라 연봉도 제법 받을 수 있다. 사람 때문도 아니고, 설마 연봉이 적다고 그만둘 리도 없고. 그럼 과연 무엇 때문일까?

"그럼 무슨 문제가 있어서 퇴사하는 거야?"

나는 궁금증을 참지 못하고 직설적으로 물었다.

"선배, 왜 문제가 있어서 퇴사하는 거라고 생각하세요? 전 제가 꿈꾸는 대로 살고 싶어서 회사를 그만두는 거예요."

후배의 말을 듣는 순간, 망치로 뒤통수를 얻어맞은 느낌이었다. 너무도 들어보지 못한 신선한 대답이었다. 왜 나는 회사를 그만두는 사람들을 바라보는 시선이 한결같았을까? 문제는 그들에게 있는 것이 아니라 나에게 있었다. 무슨 문제가 있어서 그만두었을 거라는 고정관념. 한데 '꿈꾸는 대로 살고 싶은 희망'이라니. 그런 말은 영화나 드라마에서나 들어볼 법한 표현 아닌가.

"로또라도 된 거야? 아니면 주식으로 대박 났어?"

"선배, 아시면서… 전 그런 거 못해요. 퇴근해서 집에 갈 때마다 제 표정이 안 좋았나 봐요. 아내가 그렇게 스트레스 받으면서 회사 나갈 바엔 차라리 농사 지어보면 어떻겠냐고 하더라고요. 그래서 틈나는 대로 밭에 나가봤어요. 딸기 농사를 지어봤는데, 정말 할 만하더라고요. 그래서 이참에 제대로 해보기로 했습니다. 사실 여기 직장일이 적성에 안 맞다는 건 오래전부터 느꼈어요. 아내도 응원해주고, 일단 한번 질러보려고요."

너무도 뜻밖의 말이었다. 딸기 농사. 내 머릿속으로는 후배와 연관 지을 수 없는 낯선 단어였다. 그동안 성실하게 일해온 후배에게 이렇듯 남모를 고충이 있었고, 어려움을 이겨낼 방안을 찾아왔다는 사실도 조금 찡하게 느껴졌다.

　"와! 너 대단하구나!"

　나도 모르게 속마음을 발설했다.

　"선배도 지르시면 됩니다. 인생 뭐 있어요?"

　후배는 빙긋 웃으며 화답했다.

　지금까지 회사를 다니면서 퇴사하는 사람을 많이 보았다. 대기업이라는 특성 때문인지 대부분은 은퇴할 나이가 되어 그만두는 분들이었다. 적성이 안 맞는 걸 알고 곧바로 그만두는 신입사원도 더러 있었고, 다른 회사로 이직하면서 퇴사하는 직원들도 있었다. 하지만 후배처럼 회사에서 핵심적인 역할을 맡고 일이 가장 많을 나이와 직급에서 퇴사하는 이는 드물었다. 게다가 반도체 산업과는 전혀 연관성이 없는 딸기 농사를 짓기 위해서라니.

　시간이 지날수록 후배의 퇴사는 신선하게 다가왔다. 돌아보면 나 역시 설비 엔지니어 일이 적성에 딱 들어맞는다고 할 수 없다. 그래도 후배에게는 맨땅에 헤딩하듯 도전할 수 있는 용기가 있었다. 앞날이 어찌 됐든 그 용기가 부러웠다.

퇴사할 의사를 밝힌 후배는 부서장, 팀장과 차례로 면담을 하고 돌아왔다. 이야기를 들어보니 대기업의 높은 자리에서 근무하고 있는 두 분의 공통된 말이 "부럽다"는 것이었다. 높은 직책에서 근무하면서 높은 연봉을 받는 이들도 후배를 바라보는 나와 비슷한 심정이었을까?

설비 엔지니어들은 입사하자마자 기계와 사투를 벌인다. 초창기엔 잠자리에서도 설비가 고장 났는데 아무것도 할 수 없는 꿈을 꿀 정도로 제법 스트레스를 받는다. 체력이 보충되었다 싶으면 신기하게도 출근 시간이다. 집과 직장, 기계와 잠. 우리의 일상은 두 세계를 넘나드는 단조로운 일이 반복된다. 하지만 평범해 보이는 듯하면서도 평범하지 않은 싸움이다. 그렇게 별의별 원인으로 문제를 일으키는 기계를 온갖 방법을 동원해서 다루는 기술을 차차 익혀가다 보면 어느새 후배들이 하나둘 늘어난다. 선배보다 후배가 늘어나는 시기가 오면 내 위치도 중간관리자로 올라선다.

요즘에는 예전처럼 직급이 순서대로 올라가지 않아, 승진을 시도하다가 포기하는 이들도 있지만 대다수 직원들은 경쟁에 몸을 내던지게 된다. 흔히들 직장인들이 자조적으로 하는 말 중에 "스트레스 비용이 바로 내 월급의 값어치"가 있다. 연봉이 올라가는 만큼 스트레스도 당연히 올라가는 것일까?

후배의 퇴사는 비단 임원들에게만 회자된 것은 아니었다. 함께 일하는 동료들 사이에도 간간이 대화의 이슈가 되었다. 우리는 과연 언제까지 이 일을 할 수 있을까, 직장을 관두면 무슨 일을 할 수 있을까, 우리가 과연 하고 싶은 일은 뭘까… 신기하게도 사람들 대부분이 미래에 대해 막연하게 염려하고 있을 뿐, 구체적으로 무엇인가 준비하고 있는 사람은 없었다. 마약 같은 월급중독에 빠져있는 것인지, 정년퇴직을 할 수 있을지 없을지 모르는 상황에서 너무 먼 미래까지 걱정하는 게 당연한 것인지 모를 일이다.

예전, 고3 시절 담임 선생님이 이런 질문을 했던 적이 있다.

"너희들, 공부 열심히 해서 서울대 가라고 하는데, 서울대에 왜 가야 하는지 그 이유는 알고 있냐?"

뜬금없이 웬 '서울대 타령'일까? 어안이 벙벙해진 아이들은 잠시 생각에 잠겼다가 그럴듯한 대답을 했다.

"돈을 많이 벌기 위해서요?", "진리를 탐구하기 위해서요?", "유명한 사람이 되기 위해서요?", "멋진 배우자를 만나기 위해서요."

다양한 대답들이 나왔지만, 만족할 만한 대답을 못 들은 듯 담임 선생님은 빙긋이 웃었다.

"그런 생각을 하고 있으니까 서울대를 못 가는 거야. 그런 생각은 합격하고 나서 하면 돼. 그러니까 서울대를 왜 가야 하는지 고민하지 마."

동문서답 같지만, 나에게는 뭔가 확실한 느낌이 드는 답이었다. 목표가 생기면 이룰 수 있도록 노력하면 될 뿐이다. 이유를 찾고, 붙이기 시작하면 핑곗거리만 늘어난다. 후배처럼 '딸기 농사'라는 목표가 생겼으면 고민하지 말고 도전해 보면 될 일이다. 어쩌면 나를 포함한 우리 부서원들은 아직 뚜렷한 목표를 생각해 보지 않은 것이 아닐까? 그 목표만 잘 찾아도 퇴사하는 후배를 그저 부러워하지만은 않을 텐데.

어느덧 후배의 퇴사일이 되었다.

"선배, 저는 먼저 갑니다. 겨울에 딸기 한 상자 보내드릴게요."

후배의 얼굴이 유난히 밝았다.

"그래. 시간 되면 나도 한번 갈게. 어떻게 농사짓고 사는지 궁금해."

"나중에 오시면 소처럼 부려먹어 드릴게요."

우리는 웃는 얼굴로 훗날을 약속하고 헤어졌다. 항상 유쾌하고 매사 열심히 하던 친구라 아쉬움이 많이 남는다. 후배가 나간 자리는 다른 이가 맡아 업무는 차질 없이 진행되고 있다. 그래도 가끔은 그 자리에서 반갑게 맞아주던 후배가 떠오른다. 또 크고 작은 사고를 겪고 정신없는 하루가 차곡차곡 쌓여가면서 그 후배는 자연스레 잊힐 것이다. 하지만 살고 싶은 꿈을 좇아 직장을 그만둔 후배의 선택은 오래오래, 지금도 머릿속에 남아있다.

'라떼' 활용법

'10년이면 강산도 변한다'라는 속담이 있다. 내가 입사할 즘 '스마트폰'이라는 디지털 문명의 기기가 출시되기 시작 했는데, 이제 그게 없었던 시절에는 대체 뭘 하며 지냈지 하는 궁금증이 들 정도다. 마치 내비게이션 없이 우리가 운전을 어떻게 하고 다녔는지 놀라는 것과 비슷하다.

강산이 변하고도 남을 시간만큼 이 회사를 다니고 있다. 입사하고 2년이 될 때까지는 하루가 멀다 하고 여기를 계 속 다녀야 할지 그만둘지, 다른 곳으로 이직을 할지 고민 했다. 어쩌면 이 시기는 나뿐 아니라 평범한 직장인들도 고민이 많은 시기인지 모른다.

그런데 이제는 회사가 제2의 집인 양 다니고 있다. 신입 사원의 눈으로 회사의 운영 방식을 보면 선뜻 이해하기 어려운 것들이 많았다. 아마 요즘 젊은 사원들의 눈에도 포착되는 일들일 것이다. 불합리한 교대 근무 방식, 주말에도 출근해야 하는 어려움, 직급보다 나이로 위아래가 정해지는 문화…. 이뿐만이 아니다. 다른 부서와의 관계에서도 우리 부서가 감수해야 하는 고충이 있다. 중간관리자가 되었지만, 솔직히 나도 납득할 수 없지만 받아들여야 하는 여건을 후배들에게도 이야기할 때 여전히 난감하다.

일반적인 회사가 일하는 방식은 다음과 같지 않을까 생각한다. 다른 부서와 협업을 하게 되면 서로에게 요청하거나 바라는 점들을 나누고, 업무를 완료할 날짜를 지정한다. 하지만 부서의 상황에 따라 불가능하다는 점을 통보하기도 하고, 다시 협의를 한 다음 보고하기도 한다.

"A부서에서는 저희가 요청한 납기 내에 완료할 수 없다고 합니다. 그렇다면 저희도 그때까지 진행하기 어렵습니다."

연쇄적인 반응이 시작된다. 어느 부서에서 '안 됩니다'가 시작되면 도미노 현상이 벌어진다. 당연히 앞에서 안 된다고 했으니 우리도 안 되고, 우리 뒤의 부서도 안 된다.

"그럼 그 이후에 가능한 날짜는 언제래?"

상사가 다른 부서와 협의하고 있는 실무자에게 묻는다.

"6월 이후라고 하는데요."

"그럼 6월 언제인지 정확히 알아보자. 미뤄지면 어떤 문제가 있는지도 확인해 보고."

내용상 딱히 문제점이 없어 보인다. 일정이 늦춰진 점은 정확히 통보되었고, 상사는 그 내용을 확인했고 이후의 대책에 대해서도 고려하고 있다. 우리와 업무를 함께할 부서에서 일정이 어렵다고 하는데, 우리 부서가 어찌하겠는가? 늦춰진 일정에 맞춰 우리도 계획을 준비해 놓으면 될 일이다. 여기까지가 지극히 정상적인 회사에서 벌어지는 일일 듯하다. 반도체 회사에서는 이런 일이 결코 벌어지지 않는다. 적어도 내가 몸담은 부서에서는 '납득'이라는 단어가 통용된 적이 한 번도 없었다.

"A부서에서는 저희가 요청한 납기 내에 완료할 수 없다고 합니다. 일주일 더 필요하다고 합니다. 저희도 그 일정에 맞춰서 진행해야 할 것 같습니다."

"뭔 소리야? 예전에는 일주일 안에 해줬는데, 이번엔 왜 2주일이나 걸려?"

어느새 예전에 위급한 상황에서 비상식적으로 처리했던 일들이 현재의 기준이 된다. 당시의 사정을 설명해도 이해해 주는 이는 아무도 없다.

"지난번에는 예외적인 상황이 벌어져서 가능했던 거고, 이제는 규칙에 맞게…."

"규칙이고 뭐고, 지금 필요한 건 '최대한 빨리 가능하게'야. 설비부서에서 이렇게 만들어 줘야지."

상사가 이렇게 나오면 어쩔 수 없이 지푸라기라도 잡는 심정으로 그쪽 부서에 연락을 하게 된다. 하지만 백이면 백 돌아오는 답변은 똑같다. 불가능한 미션을 가능하게 해야 하는 상황에 놓인 셈이다.

이 지점에서 '요령' 혹은 '잔머리'가 탄생한다. 나는 일단 과거의 사례를 찾아보았다. 예전에도 이렇게 지연된 적이 있었는지, 지연되었을 때 어떻게 문제를 해결했는지 추적한다. 인사이동이 있기 전에 벌어진 일은 협력 관계의 부서 담당자에게 물어봐도 알 수 없다. 그렇다면 예전 담당자를 찾아야 한다. 이 과정을 번거롭다고 생각하면 불가능한 미션은 불가능한 상태가 될 수밖에 없다. 필요하다면 예전 담당자를 통해 당시 일정을 조율할 때 큰 역할을 한 직급이 높은 사람을 찾는다. 그리고 그 사람을 통해 드디어 현재 난관에 부딪힌 업무 일정을 조율해 줄 능력(혹은 권한)을 가진 사람을 찾아낸다. 그에게 상황을 설명하고 읍소하면서 설득한다. 굉장히 원초적이지만, 가장 효율적인 방법이다.

이렇게 일하는 방식은 금방 익힐 수 있는 것도 아니고, 솔직히 상식적이지도 않다. 내가 예전에 겪었던 문제 앞에서 후배들이 어찌할 바를 모르고 발을 동동 구르는 것도 당연한 일이다.

나 또한 불가능한 미션을 해결하면서 안도감과 쾌감이 들지만, 한편으로는 씁쓸한 뒷맛을 느끼곤 했다. 처음에는 협업하는 관계 부서의 담당자에게 분명 일정이 어렵다고 안 된다는 이야기를 들었는데, 차곡차곡 위로 올라가서 설득을 하다 보면 상황이 바뀐다. 절대 안 될 것 같은 일정이 술술 바뀐다. 이런 일을 해내는 사람이 인정받는 분위기였다. 불가능한 일을 가능하게 만드는 능력을 지닌 인재, 뭔가 합리적이지는 않지만, 해당 부서에서 실무 능력(혹은 권한)을 가진 사람을 찾아가 일정을 조율하고 조율된 기한 내에 업무를 완수하는 특공대 같은 사람 말이다(농담처럼 나는 후배들에게 이렇게 들이대며 일하는 방식을 '코뿔소 방법'이라고 말했다).

다행인지 불행인지, 요즘은 내가 일하던 시절의 분위기와 많이 달라졌다. 부서 간 협업 과정에서 규칙이 늘어났고, 보챈다고 해서 빨리 해주지도 않는다. 나도 인간인지라 별의별 방법을 동원해서 일하던 시절을 떠올리면 왠지 모르게 억울한 감정도 들지만, 이제라도 일하는 방식에서 상식적인 기준을 찾아가는 것 같아 다행스럽다.

얼마 전 경영학 관련 도서를 읽다가 다음과 같은 재미있는 질문을 발견했다.

다음 중 귀하의 회사를 가장 빠르게 혁신시킨 장본인은 누구인가?

❶ CEO ❷ CFO ❸ COO ❹ 코로나19

코로나 바이러스가 유행하던 시절, 회사에서는 업무의 효율성을 고려해서 모든 업무를 비대면 방식으로 진행하는 것을 원칙으로 삼았다. 상황이 이러하다 보니 예전에 내가 어쩔 수 없이 해야 했던 '코뿔소 방법'도 더 이상 통하지 않게 되었다. 오히려 각 부서마다 절차와 규율이 엄수되는 분위기로 바뀌었다. 참석해야 하는 회의도 줄어들었고, 꼭 필요한 인원만 참석한다. 예전만 해도 회의장에 의자가 부족할 정도로 사람들이 많이 들어왔지만, 정작 회의 때에는 중앙 자리를 차지한 서너 분만이 열심히 자기 의견을 이야기했다. 코로나 바이러스를 겪으면서 우리 회사도 군더더기와 불필요한 과정을 걷어내고 시스템이 깔끔하게 구축된 듯한 느낌이 든다.

하지만 개인화는 너무 속도가 빠르다. 실내 어디든 마스크를 착용해야 하고 칸막이를 설치한 탓에 함께 카페나 음식점에 들어가 같은 테이블에 앉아도 각자의 스마트폰만 들여다보는 풍경이 예전에는 어쩔 수 없는 것처럼 보였지만, 지금은 그 모습이 너무나 일상이 되었다. 가뜩이나 협업이 절실한 반도체 회사에서 타 부서 담당자와의 소통은 물론이거니와, 같은 부서의 후배들과의 대화도 나이 차이가 클수록 왠지 부담스럽다. 아이러니하게도 코로나 시대는 종료가 되었지만 소통은 다시 예전으로 돌아가지는 못하고 있다. 아마 다시 돌아가지 못하지 않을까 생각이 들기도 한다.

독수리는 살면서 딱 절반까지만 자신이 가진 원래의 부리를 사용할 수 있다고 한다. 삶의 후반기는 예전처럼 날카롭고 번쩍이는 부리가 아닌 닳고 닳은 부리로 살아간다. 닳은 부리로 절반이나 살아가려면 아마 예전에는 없었던 능력을 키워나가야 했을 것이다. 나에게도 이제 삶의 후반기를 살아갈 숨은 능력을 일깨울 때가 왔다.

　기계화가 가장 먼저 시작되었고, 자동화에 가장 민감한 분야가 바로 반도체이다. 설비 기술은 알음알음 늘어가지만, 내가 나이 들어가는 사이 기술은 더욱 고도화되고 후배 직원들과의 세대 차이는 점점 벌어지고 있다. 기성세대의 일방통행식 소통법을 꼬집는 "라떼는 말이야…"라는 말이 한동안 유행했다. 흐르는 시간도, 기성세대가 되는 것 또한 막을 수는 없다. 다만 나는 고층의 비유가 아닌, 라떼 한 잔 부담 없이 마시며 이야기 나눌 수 있는 선배이고 싶다.

남몰래
걸어보는 주문

'나는 언제까지 이 일을 계속할 수 있을까?'

비단 나만이 겪는 고민은 아닐 것 같다. 직장생활 10년을 넘긴 중간급 샐러리맨이라면 누구나 한 번쯤 떠올려 보는 생각이다. 20대 시절 남부러울 것 없었던 체력도 이제 남아있지 않다. 인터넷을 보면 중년의 나이에도 청년 못지않은 탄탄한 육체를 자랑하는 '몸짱'들이 넘쳐나지만, 나 같은 평범한 직장인들에겐 다른 세계의 이야기다. 게다가 나는 FAB 안에서 돌아다니며 근무해야 하는 엔지니어다. 퇴근 후 운동을 하며 육체를 가꾸는 건 나에게 고문이다.

과연 언제까지 이 일을 할 것인가를 고민하기에 앞서,

그렇다면 나는 20대로 돌아가더라도 이 일을 다시 할 것인가를 생각해 본다. 요즘 20대 신입사원들을 보면 나는 내가 들어오겠다고 마음먹는다고 해서 입사할 수 있을 것 같지도 않다. 요즘 20대들은 이미 경쟁이라는 것에 진물이 날 정도로 다양한 방식으로 경쟁을 해온 세대이다. 생존하기 위해 나름의 스펙을 갖춘 준비된 인재들이다.

그럼 내가 그나마 내세울 건 무엇이 있을까? 무엇으로 이 자리와 내 일상을 유지할 수 있을까? 떠오르는 건 하나, '경험'이다. 주변 친구들을 보니 역시 그들도 경력을 바탕으로 더 나은 미래를 꿈꾸며 이직을 시도한다. 이미 최소 한두 번씩은 이직하면서 몸값을 키웠고, 새로운 직장에서 만족하며 사는 친구들도 있다.

그에 비해 나는 한 직장에서 꿈쩍하지 않고 10년 넘게 근무하고 있다. '대기업'이라는 배경이 있긴 하지만, 내가 친구들에 비해 별생각 없이 살고 있나 하고 괜히 조바심이 일기도 한다. 채용·취업 사이트에 등록해 놓은 내 이력을 본 헤드헌터에게서 아주 가끔 연락이 온다.

'오! 나 아직 죽지 않았어, 그래도 아직 봐줄 만한데?'

뿌듯한 마음으로 간만에 사이트에 로그인을 하고 들어가서 메시지를 확인해 본다. 많은 기업체에서 연락을 했지만 알맹이가 없다. 기본적으로 사이트 회원 누구에게나 무작위로 보내는 메시지가 대부분이다.

그래도 들어온 김에 내가 작성한 이력을 곰곰이 읽어본다. 무슨 생각으로 글을 써놓은 건지, 무슨 말을 하려는 건지 나조차 모르겠다. 회사에서만 사용하는 용어들만 잔뜩 나열해 놓았다. 내가 헤드헌터라도 이 글을 읽고 작성한 사람에게 어떤 기업체의 어떤 자리를 소개하면 좋을지 생각해 보라고 지시를 받는다면 제정신이냐고 따지고 들 것 같다.

'이력을 수정해 볼까?'

잠시 고민하다가 곧바로 인터넷 창을 닫는다.

사람이 참 간사하다. 회사에서 억울한 일을 겪게 되거나 업무에 따른 스트레스를 받게 되면 다시 '이직'을 향해 고개를 돌린다. 마치 이직만 하면 모든 것이 해결될 것처럼. 그러다가 문제가 해결되고 갈등이 봉합되면 미련 없이 현재를 향해 고개를 원위치 한다. 그러다가 위와 같은 막연한 고민에 빠지게 된다. 이런 심리들은 교대 근무하듯 내 마음속을 오간다. 희한하게도 다람쥐 쳇바퀴 돌듯 돌아가는 감정의 변화 속에서 그나마 현재를 잘 버텨나가고 있다.

주로 업무와 관련해서 대화를 주고받는 후배들도 여유가 있고 대화가 길어지면 비슷한 고민들을 털어놓는다.

"우리는 언제까지 이 회사를 다닐 수 있을까요? 선배는 언제까지 다닐 거예요?"

"우리 애들 대학 입학할 때까지는 다녀야 하지 않을까 싶은데."

그렇다면 아직도 10년 넘게 다녀야 한다. 심드렁하게 말하면서도 왠지 그 말의 무게가 어깨에 와닿는 것 같다.

"요새 그렇게 다닐 수 있어요?"

"버틸 수 있을 때까지 버텨야 한다는 마음으로 다녀야지, 넌 언제까지 다니고 싶은데?"

요즘 후배들은 어떤 생각을 하고 있을까, 문득 궁금해졌다.

"입사할 때는 진짜 임원까지 올라가 보고 싶었는데요, 지금은 스트레스 없이 가늘고 길게 다니고 싶네요. 만년 부장이 목표입니다."

직장인들 사이에는 익숙해진 대화였다. CEO라는 큰 그림을 그리기보다 만년 부장으로 오랫동안 생존하고 싶은 현실적인 희망.

짧은 대화를 나누고 FAB으로 들어가는 순간, 우리는 모든 근심을 잊고 설비에 집중한다. 애(설비)가 왜 아프다고 할까, 대체 어디가 아프다는 걸까, 어떻게 하면 효율을 높일 수 있을까 고민하고 의견을 나누고 해결책을 실행해 본다. 회사에서 일하면서 가장 힘든 때가 언제냐고 누가 묻는다면 설비가 안 고쳐질 때라고, 그럼 언제 가장 행복하냐고 물어보면 내 손으로 고쳐진 설비가 제대로 돌아갈 때라고 말하고 싶다. 일할 때만큼은 진심이다. 오직 설비만 생각하게 된다. 그냥 이렇게 심플하고 확실하게 살아가면 얼마나 좋을까.

입사할 때만 해도 이렇듯 마음이 복잡하지 않았던 것 같다. 이 정도 연봉에 맞춰 살아가도 큰 문제는 없을 거라 생각했다. 하지만 늘 카드 값에 치인다. 나뿐만이 아니다. 외벌이로 살든, 맞벌이로 살든 동료들도 똑같이 돈이 모자라다고 한다. 그 때문인지, 언제부터인가 우리 부서에서도 재테크와 관련된 주제로 이야기가 꽃을 피운다.

"역시 돈은 코인으로 벌어야 돼."

"요즘은 주식이 더 괜찮아요."

내가 입사하던 때에는 선배들 앞에서 이런 주제는 아예 입 밖으로 꺼내지도 못했다. 하지만 이제는 너무도 당연하게 이야기를 나누고, 부서장들이 사원들에게 재테크 정보를 묻기도 한다. 재테크와 관련된 주제는 더 멀리 확장되어 퇴사 이후의 삶까지 논의된다.

"경기 더 나빠지기 전에 치킨집이라도 빨리 준비해야 하나?"

"저는 혹시 몰라서 한식 요리사 자격증 따놨습니다."

후배의 준비성에 나도 모르게 탄성을 뱉는다. 회사가 튼튼하고 잘나가더라도 우리가 항상 튼튼하고 잘나가는 것은 아니니까 미래를 미리 준비해야 하는 것도 맞는 말이다. 내가 하는 일에 최선을 다하는 것과는 별개로 현실은 현실인 모양이다. 이제 뭔가 쌉싸름한 대화를 벗어나고 싶은데, 내 마음을 읽었는지 누군가 화제를 바꾼다.

"근데 아까 그 설비 어떻게 한 거야?"

"아, 맞아요, 선배. 그걸 어떻게 고쳤어요?"

"그거 지난번에 내가 한 번 설명해 줬던 건데, 통신이 한 번 끊어지면 다른 프로그램을 하나 더 실행을 시켜주면 연결이 돼. 다들 실수하던데…."

먹고사는 걱정, 재테크, 자영업까지 돌고 돌아 결국에 설비 이야기로 돌아오는 우리는 참 건실한 엔지니어들이다.

업무를 마무리하고 FAB을 나가기 전에 내가 작업한 설비에 잠시 손을 얹어본다. 입사할 때부터 이 자리에 있었던 설비인데 아직까지도 쌩쌩 잘 돌아가는 걸 보면 정말 관리가 잘된 모양이다. 설비들이 무사히 잘 가동되는 모습을 보면 앓던 내 아이가 싹 나은 것 같아 기분이 좋다. 오늘도 성공이다. 잠시 치킨집 생각도 해봤지만, 그래도 형이 어떻게 널 버리고 떠나겠니?

'내가 퇴사하기 전까지 널 책임지고 고쳐줄게! 그러니까 너도 잘 버텨, 알겠지?'

유치하지만 남몰래 주문을 걸어본다.

교대 근무 하는 게
죄는 아니잖아

대학교에서 벌어지는 채용박람회에 가끔 리쿠르터로 참석한다. 그 자리에서 학생들에게 반드시 듣게 되는 질문이 바로 '교대 근무의 어려움'이다. 비단 오프라인뿐 아니라 우리 회사의 근무 여건과 관련해서 온라인에서 쉽게 발견할 수 있는 것 또한 교대 근무로 인한 고충이다. 나도 처음에는 주 단위로 3교대를 하는 근무 방식에 부담을 느꼈다. 하지만 겪어보니 예상대로 힘든 점은 있지만, 신기하게도 몸이 차츰 적응하면서 나름의 장점도 알게 되었다. 그래도 3교대 근무 방식과 일정한 시간 꾸준히 근무하는 방식 중 선택권을 준다면 대부분 직장인은 후자를 선택할 것이다.

사실 교대 근무는 체력적으로 부담이 크다. 수면 시간이 일정해야 몸이 건강을 유지할 수 있다는 건 기본적인 상식이다. 교대 근무는 단순히 일하는 시간만 바뀌는 것이 아니다. 모든 생체 리듬이 근무 시간을 기준으로 맞춰야 한다. 특히 야간 근무를 하고 해가 떠있는 아침에 집으로 돌아와 잠드는 일이 힘들었다. 외국으로 출장이나 여행을 간 것도 아닌데, 시차를 적응해야 하는 느낌이랄까?

24시간 교대 근무이다 보니, 야간 근무를 하는 주에는 주말에도 근무하는 경우도 생긴다. 연차가 짧고 나이가 어릴수록 주말 근무에 대해 민감하게 반응한다. 물론 가정이 있는 직원들도 주말 근무를 달가워하지 않는다. 하지만 이전 세대에 비해 '워라밸'을 중요하게 생각하는 젊은 세대에 비하면 그나마 둔감하다고 할 수 있다. 결혼하고 나이가 든 직원은 대인 관계가 단조로워지고 가족들에게 집중하게 되지만, 직장뿐 아니라 사회생활도 왕성한 젊은 직원들에게 주말 근무는 보이지 않는 족쇄와도 같다. 지인, 가족과의 만남도 보통 주말에 이루어지지 않는가?

특히 꽃다운 시기, 한창 연애를 할 나이의 20대 직원들은 근무 방식 때문에 사생활에 큰 제약을 받는 셈이다. 본인 입장에서도 답답한데, 더 서러운 것은 상대방이 이 상황을 이해해 주지 않는 태도다. 심지어 나조차 결혼 초기 아내의 반응을 보며 놀라워했다. 나는 3교대 방식으로 일하는 나의 심정을 곁에서 지켜봐 온 아내가 그래도 어렴풋이나마 알고 있으리라 생각했다. 하지만 아침이 아닌 점심, 한밤에 출근하게 되어 가족 행사에 참석하지 못할 때 "당신은 왜 이렇게 근무해야 하는 거야?", "주말에 왜 못 쉬어?" 같은 질문을 들었다. 나인들 왜 교대 근무를 하고 싶겠나. 왜 주말에 쉬고 싶지 않을까.

반도체 회사에 다니는 남편을 둔 아내의 고충도 이해 못할 바는 아니다. 아내의 이야기를 들어보니 회사에 출근한 이후부터 근무 시간이 끝날 때까지(대부분 정해진 퇴근 시간을 넘기에 이 시간도 언제인지 불분명하다) 연락이 안 되는 사실이 심리적으로 불안하다고 한다. 또한 점심, 저녁에 근무하는 시기에는 부부 사이 대화가 단절되어 버린다고 한다. 생각해 보니 점심과 저녁에 근무하게 되면 퇴근하고 나서 집에 돌아와 잠들기 바쁘다. 집으로 발을 들이는 순간 긴장이 확 풀리면서 피로가 엄습한다. 눈도 제대로 떠지지 않는 상태에서 솔직히 아내와 대화를 나눌 생각조차 들지 않는다. 외벌이를 하는 우리 부부가 이러할진대, 맞벌이를 하는 부부나 여건상 서로 다른 지역에서 떨어져 지내는 부부는 오죽할까 싶다.

    반도체 회사의 설비 엔지니어들의 성비는, 평범한 사람들도 예상할 수 있듯 남성의 수가 압도적으로 많다. 하지만 여성이 전혀 없는 것은 아니다. 우리 부서에도 유일하게 여성 후배가 있었다. 설비 엔지니어의 업무상 여성이 잘할 수 있을까 하고 염려하는 시선들이 있는데, 이 후배는 되레 업무에 적극적이었다. 성격뿐 아니라 외모도 호감형이어서 이 후배에게 관심을 갖는 남자 후배들이 많았다. 말은 하지 않아도, 유부남인 내 눈에 비친, 이성의 대상으로 주목하는 후배들의 모습에 소리 없이 웃은 적이 제법 된다.

    하지만 남자 후배들에게는 애석하게도, 이 후배는 입사할 때부터 이미 남자친구가 있었다. 남자친구도 직장인이라 들었다. 그 때문인지 후배는 업무를 마치면 곧바로 퇴근했다. 집에 들어가기 전 자주 회식 자리를 만들어 주린 배를 채우고 업무의 어려움을 이야기로 푸는 우리와는 딱히 어울리지 않았다.

    그러던 어느 날, 상상할 수도 없는 일이 벌어졌다. 그 후배가 오늘 퇴근 후의 회식을 제안한 것이다. 놀라움과 반가움은 잠시였다. 다들 상황이 뭔가 석연치 않다고, 비상 상황이라고 판단했다. 그날 근무자들 사이 채팅창에서 대화가 끝없이 이어졌다.

 -설마, 우리 홍일점이 퇴사하는 거 아냐?

 -안 돼. 그동안 일했던 여사원 중 최고였는데.

아마 여성 비율이 많은 직장도 우리 부서와 분위기가 비슷할 것이다. 부서에 생기를 불어넣는 젊고, 유능하고, 잘생긴 남성 직원이 어느 날 퇴사할 기미를 보인다면… 과연 어떻게 돌아서려는 발길을 막을 것인지 고민하지 않을까? 누가 뭐라 할 것도 없이 부서원들은 퇴사의 이유에 대해 각자의 추측을 늘어놓았다. 일 잘한다고 자기한테 업무를 너무 많이 떠넘겼다고 여기는 거 아닐까, 남자들만 있는 집단에서 혼자 관심을 받고 일하는 것이 아무래도 힘들었나 보다 등. 결론은 무엇이든 간에 부서원들이 서로 힘을 합쳐서 그녀에게 도움을 줄 수 있는 건 뭐든 다 하자고 다짐했다.

그날 술자리는 여느 때와 달랐다. 서로 다른 테이블에 앉아있는 사람들도 자기들끼리 이야기를 하면서도 연신 힐끔힐끔 여자 후배를 쳐다보았다. 그녀는 말없이 술잔을 비워나갔다. 주량이 어느 정도인지 알 수 없어 술잔을 비우면 따라줬는데, 그 속도가 빨라지기 시작했다.

"선배님들, 항상 고맙습니다."

척 가라앉은 목소리로 그녀가 말했다. 분위기도 내려앉았다. 왠지 올 것이 온 것 같은 느낌이었다. 다른 테이블에 앉은 동료들이 조용히 수군거리는 소리가 내 귀에 들렸다. "퇴사하려는 얘길 하려나 봐", "선배, 저런 말 듣기 전에 우리가 힘든 일 있냐, 우리가 도와주겠다고 먼저 얘기 꺼내야 하는 거 아니에요?"

잠시 정적이 흐르고 그녀가 입을 열었다.

"제가 드릴 말씀이 있는데요….'

"뭔데 그래. 우리 후배님이 뭐 힘든 일 있나?"

맞은편에 앉은 내가 말을 받았다.

"네, 많이 힘듭니다. 저 일단 술 한 잔만 주실래요?"

여지없는 확신이 들었다. 이제 다음 말은 분명 퇴사하겠다는 거겠지. 자리를 함께한 선후배의 얼굴에 아쉬움이 짙게 깔렸다.

"응, 술 여기. 대체 뭐가 힘든 건데?"

"남자친구한테 차였어요. 연락도 안 되고, 주말에도 만나기 힘들다면서… 헤어지자네요. 그렇다고 제가 회사를 관둘 생각은 없거든요. 남자친구가 이해를 못 해줘요."

퇴사하려는 건 아니었구나 하는 안도감과 함께, 그녀도 여느 젊은 직원과 다를 바 없이 교대 근무 때문에 쉽지 않은 연애를 이어나가느라 마음고생이 심했던 것을 이제야 알게 되었다.

"다음 달이라도 주말 근무 빼줄까? 남자친구 만나서 이야기 좀 해볼래?"

"아뇨, 괜찮습니다. 어제 확실히 헤어졌어요. 그동안 남자친구 신경 쓰느라 회식에 한 번도 얼굴 비추지 못했는데, 오늘 제 기분도 좀 그래서 술 마시자고 했습니다."

후배의 얼굴이 씁쓸해 보여 무슨 말을 해줘야 할지 생각하고 있는데, 그녀가 먼저 입을 연다.

"아이, 신경 쓰지 마세요. 저도 바로 위 선배들이 이런 식으로 여자친구랑 헤어진 케이스를 몇 번이나 들어서 잘 알고 있어요, 뭐."

반도체 회사의 설비 엔지니어들은 그들 나름의 연애 패턴이 있다. 이런 식으로 연인과 헤어지는 경우가 너무 많아서 입사하는 신입사원에게 "지금 사귀고 있는 여자친구(혹은 남자친구)와 2년 안에 결혼 아니면 이별을 할 거야"라는 시답잖은 농담을 건네기도 한다(그러고 보니 나도 대학생 시절 만난 지금의 아내와 입사 후 2년 안에 결혼했다).
여자 후배처럼 이별을 덤덤하게 받아들이는 사원이 있는
가 하면, 회식 자리에서 잔뜩 취해서 고래고래 소리를 지
르며 자신의 억울함을 토로하는 사원도 있다. 여느 직장보
다 팀워크가 중요하고 선후배 사이가 끈끈하다 보니 부서
원 중 누군가 그런 일이 있으면 다들 착잡해진다.

　우리는 아마 '교대 근무'에서 비롯된 후배들의 연애 실
패담을 반복해서 듣게 될 것이다. 아쉽지만 내가 해줄 수
있는 일은 한계가 있다. 위태로운 관계에 있는 후배의 주
말 근무 시간을 조정해 주거나 '대타'로 그 시간을 대신해
주는 수밖에. 젊은 후배들이 배려심 많은 이성을 만나 좋
은 결실을 맺기를 바란다. 그리고 보니 우리 회사 안에도
선남선녀들이 수두룩하다. 멀리서 교대 근무로 일하는 방
식을 이해해 주기 어려운 연인을 찾기보다 서로의 고충을
너무 잘 아는 사이가 더 애틋한 관계로 발전할 수 있지 않
을까? 하지만 역시, 연애는 모를 일이다.

어떻게든 보수하고
유지합니다

'전배'라는 말이 있다. 인사 발령을 받고 어디론가 이동한다는 뜻이다. 회사 규모가 크고 인력이 많다 보니 매년 전배를 가는 동료들이 생긴다. 영전을 해서 좋은 곳이나 요직으로 발령을 받는 이들도 있지만, 대부분은 본인이 원하지 않은 차출 형식으로 이동하는 경우가 많다. 익숙한 일터에서 낯선 곳으로 떠난다는 건 쉽지 않다. 단순히 부서를 이동하거나 다른 층의 사무실로 자리를 옮기더라도 당사자 입장에서는 한동안 어색하기도 하고 적적하기도 하다. 그런데 현재 살고 있는 도시에서 다른 도시로 이동해야 하면 심정이 어떠할까? 우리 회사에서 전배란 그런 의미를 띤다.

입사할 때만 해도 내가 소속된 사업부는 기흥과 화성에만 분포되어 있었다. 기흥은 용인시, 화성은 화성시로 각기 다른 도시에 있었지만, 사업장이 가까이 있는 덕에 어느 곳으로 발령을 받든 사원 입장에서 크게 걱정할 일이 없었다. 적어도 우리 부서에서는 다른 부서와 달리 전배에 대한 고민이 없었다. 하지만 회사 규모가 커지면서 사업장이 평택으로까지 확장하게 되었다. 같은 경기도라고 하지만 기흥, 화성에서 평택 사업장까지의 거리는 서울에서 기흥, 화성을 가는 거리만큼 멀었다.

결혼을 했지만 아직 자녀가 없거나 젖먹이 혹은 네다섯 살 정도까지라면 평택으로 집을 옮기는 것을 부담 없이 받아들일 수 있다. 엔지니어 입장에서는 이전 사업장보다 더 발전된 시설에서 근무할 수 있어 오히려 좋다. 하지만 아이가 초등학교나 중학교에 입학해서 다니고 있다면 평택으로 이동하라는 회사의 조치는 마른하늘에 날벼락과도 같다. 어떤 동료는 출퇴근 시간을 줄이기 위해 대출을 받아 회사 근처에 보금자리를 마련해 놨다가 그러한 '날벼락'을 맞기도 했다.

"이번에 우리 부서에서 평택으로 전배를 가야 합니다. 인원은 세 명입니다. 혹시 원하는 사람 있으면 이야기해 주세요."

인사 발령이 있을지도 모른다는 흉흉한 소문이 돌더니 어느 날 부서장이 사실을 알렸다. 평택에 연고가 있으면 모를까, 우리 부서 중 누구도 자발적으로 전배를 요청하는 이는 아무도 없었다. 난감해진 부서장이 면담을 통해 부서 원들을 만나 설득했지만, 정해진 날짜까지 결론을 내리지 못했다. 결국 전배는 러시안 룰렛 게임이 되어버렸다. 걸린 사람이 누구든 두말없이 따르게 됐다.

"왜 제가 가야 합니까?"

인사 발령이 있던 날, 회의실에서 큰소리가 터져 나왔다. 전배를 통보받은 후배가 분노를 표출했다. 사무실에서 그 소리를 듣고 있던 우리는 일순 조용해졌다. 마음속에서는 내가 아니어서 다행이라는 안도감과 함께 나머지 두 명 중 설마 나도 포함되어 있는 건 아닐까 하는 불안감이 피어났다. 이번에 세 명을 보내면, 다음번에는 더 많은 인원이, 더 자주 전배가 벌어지는 건 아닌지 염려스러웠다.

첫 번째로 호명된 사람의 행동 때문에 내려앉은 사무실 분위기 탓에 이미 마음의 준비를 해둔 것인지 두 번째, 세 번째로 선정된 이들은 담담하게 상황을 받아들였다. 회사에서 내려온 지시를 그저 묵묵히 받아들여야 했던 그들은 평택으로 떠났다.

인생은 정말 새옹지마와 같은 것일까? 왠지 귀향 가듯 떨어지지 않는 발걸음으로 평택 사업장에 가야 했던 세 사람은 이제 부서의 핵심 인재로 거듭났다. 회사에서는 지원자가 아무도 없는 상태에서, 어쩔 수 없이 전배했던 그들을 대우해 주었다. 확장을 하는 곳에서 초기에 고생한 사원들을 금전적으로, 고과평가로 보듬어 주었다. 그 효과가 빛을 본 것인지, 다음번 전배에서는 평택 사업장에서 일하겠다는 지원자들도 늘어났다.

나 역시 평택 사업장에서 일하게 되었다. 하지만 평택 사업장 부서원들과 다른 점이 있다면 나는 '파견' 형태로 근무하게 되어 추후에 화성 사업장으로 복귀할 예정이었다. 평택 사업장에 처음 출근하던 날, 내가 근무할 사무실은 아직 완성조차 되어있지 않았다. 이른 아침, 평택으로 발령받은 동료들과 출근하다가 재미난 풍경을 목격했다. 차도와 인도도 제대로 구분되지 않은 공간에 많은 사람들이 대열을 갖추고 똑같은 동작을 반복하고 있었다.

"아침부터 뭘 하는 거야?"

"국민체조 같은데?"

먼 옛날, 초등학교 시절을 어렴풋이 떠오르게 하는 음악을 듣고 체조하는 이들을 보니 어리둥절했다. 알고 보니 당시 평택 사업장은 완공이 되지 않은 상태여서 회사 내에는 사원들보다 건설 현장에서 일하고 있는 인부들이 많았다. 현장에 투입되기 전 몸을 풀어주는 목적으로 아침 체조를 하고 있었던 것이다.

공사가 마무리되지 않은 사무실에는 여기저기 구멍이 뚫려있고 전기가 들어오지 않는 곳도 있었다. 안전화와 안전모를 착용해야 지나갈 수 있는 곳도 있었다. 하지만 시간이 흐르고 상황에 익숙해지니 업무에 집중하게 되었다. 보수하고 유지해 나가는 업무가 설비 엔지니어의 일이지만, 평택에서는 처음부터 사업장이 커나가는 과정을 지켜본 느낌이 든다.

우리 회사의 패키징 공정(반도체를 사용 가능하도록 하는 과정)은 천안과 온양(아산시)에 분포가 되어있다. 이전에는 아예 사업부가 우리 부서와 분리되어 있어 우리 부서원이 천안이나 온양을 갈 일이 없었다. 하지만 이제 통합되면서 평택에 이어 또 다른 전배 지역이 생겼다. 최근 HBM('High Bandwidth Memory'의 약자. 고대역폭 메모리)

의 개발 속도가 빨라지면서 패키징 공정의 수요가 급증하고 있다. 그 여파로 천안과 온양 사업장에서도 인력을 배치하고 있다. 평택도 참 멀게 느껴졌는데, 이제 누가 지원할지 모르겠다. 어쩌면 충청도로 전배 받은 사원 중 누군가는 평택 사업장만 해도 괜찮았다고 한탄하거나, 혹은 이쪽 사업장에서 일하는 걸 기회로 생각하고 지원하는 사원이 있을지도 모르겠다.

사업장은 24시간 가동되면서, 경기도에서 충청도까지 끊임없이 확장하고 있다. 그 사이 교대 근무와 인사 발령의 소용돌이 속에 별 탈 없이 설비가 돌아가고, 평범하지만 소중한 일상이 계속될 수 있도록 설비 엔지니어들은 세상의 모든 관계를 보수하고 유지하고 있다.

일하는사람 #016

고장 난 세계의 나날

초판 1쇄 인쇄 2024년 4월 25일
초판 1쇄 발행 2024년 5월 10일

지은이 | 세미오
발행인 | 강봉자, 김은경

펴낸곳 | (주)문학수첩
주소 | 경기도 파주시 회동길 503-1(문발동 633-4) 출판문화단지
전화 | 031-955-9088(마케팅부), 9536(편집부)
팩스 | 031-955-9066
등록 | 1991년 11월 27일 제16-482호

홈페이지 | www.moonhak.co.kr
블로그 | blog.naver.com/moonhak91
이메일 | moonhak@moonhak.co.kr

ISBN 979-11-93790-10-6 03810

*파본은 구매처에서 바꾸어 드립니다.